KB026733

나는 복서

문 경 민 장 편 소 설

문학동네

1

내 별명은 청산가리. 조폭은 아니다. 자현기계공고 하이텍기계과 2학년. 키는 164cm에 몸무게는 55kg. 김두현이라는 이름이 있지만 간혹 뒤에서 나를 청산가리라고 부르는 놈들이 있다. 지금처럼.

"저 자식이 청산가리야. 쟤 엄마가 자살했대. 청산가리 먹고."

"진짜? 쟤가 그놈이야? 기계공고 청산가리?"

하굣길에 비스듬히 기울어진 교정을 내려가다 들은 소리였다. 뒤를 돌아보자 나를 두고 쑥덕이던 인문계 남자애들 셋이 눈길을 피했다. 한 놈은 아는 녀석이었다. 같은 초등학교와 중학교를 다녔던 놈, 형석. 녀석들은 나를 지나쳐 교문을 향해 내려갔다. 나는 바지 주머니에 양손을 꽂고 녀석들의 뒤통수를 노려보았다.

옆에서 같이 걷던 준수가 말했다.

"개소리야. 개소리."

무시하라는 말이었다. 오늘은 밀링 실습이 어제보다 잘돼서 기분이 좋았다. 녀석들의 개소리 따위 무시하려면 할 수도 있었다. 짧게 한숨을 내쉬고 걸음을 옮기는데 아래에서 인문계 세 녀석이 키득거리며 또다시 나를 흘끗거렸다.

나는 멈춰 서서 다른 사람 살피듯 내 마음을 관찰했다. 기분 나쁜 소음을 울리며 올라오는 이 마음에는 뭐라고 이름을 붙여야 할까. 분노는 과하고 짜증은 말 자체가 짜증이고 수치심이나 당혹감은 방금 기분의 일부일 뿐이었다. 나는 내 머리보다 훌쩍 위에 있는 준수의 얼굴을 쳐다보며 말했다.

"잠깐만 기다려 봐."

잰걸음으로 콘크리트 길을 내려가 세 녀석을 따라잡았다. "거기 셋!" 하는 내 목소리에 바로 멈춰 선 걸 보면 녀석들도 나를 의식하고 있었던 듯했다. 가운데 키 큰 놈이 눈썹을 모으고 힘을 주어 말했다.

"뭐. 왜."

나는 왼쪽 어깨를 추어올려 가방을 들썩였다.

"내 가방에 말이야."

"가방에 뭐."

"우리 엄마가 쓰고 남은 청산가리가 좀 있는데."

"뭐?"

"좀 줘?"

"뭐래? 이 미친놈이."

"말조심 좀 하지? 그 미친놈이 수업 시간에 잡는 게 망치랑 쇳덩이거든."

나를 깔아 보던 녀석의 눈빛이 흔들렸다. 형석이 자기 친구들을 끌며 "야야, 그냥 가." 하자 다른 두 녀석의 몸이 형석 쪽으로 돌아갔다. 물러서고 싶어 하는 기색이 역력했으나 나는 아니었다. 이왕 시작한 거 끝을 맺어야 상한 기분이 조금이나마 괜찮아질 것 같았다. 나는 한 명 한 명 돌아가며 녀석들의 교복 재킷을 매만져 주었다.

"저녁 맛있게 먹어라. 대학도 가야 하는데." 하며 팔뚝을 툭툭 쳐 주고,

"혹시 나랑 같이 먹고 싶으면 얘기하고." 하며 어깨에 내려앉은 비듬도 털어 주었다.

나는 몸을 돌리는 형석의 옷깃을 잡아채며 속삭였다.

"미리 준비를 해야 하니까."

준수가 내 앞으로 끼어들며 녀석들에게 먼저 가라는 손짓을 했다. 상황을 모면할 기회를 잡은 인문계 두 녀석은 나를 노려보는 형석의 팔을 잡아끌고 길 아래로 내려갔다.

준수가 물었다.

"속 시원하냐?"

어깨를 으쓱하고는 대답했다.

"별로."

"쟤 형석이 맞지?"

"아닌데. 짐승인데. 컹컹 쿵쿵 하이에나."

준수가 어이없다는 듯 웃었고 나도 마주 웃었다. 이쯤에서 마음을 풀어야 했다. 여기에서 우울한 기분으로 떨어지면 저놈들에게 지는 것이나 다름없었다. 나는 일부러 웃고 멋쩍게 "가을 좋네." 말하고 괜히 준수의 옆구리를 쿡 찌르며 장난을 걸었다. 아무렇지도 않은 것처럼.

우리는 노랗고 빨간 나뭇잎을 밟으며 학교 정문 밖으로 나왔다. 정문 위에 아침에는 없던 플래카드가 두 장 걸려 있었다. 위에는 '자현고 학생들의 수능 대박을 기원합니다.'라는 문구가, 아래에는 '제74회 자현기계공고 개교 기념 가을 체육대회'라는 문구가 인쇄되어 있었다. 자현고등학교와 자현기계공업고등학교는 한 울타리 안에 있었다. 운동장도 같이 쓰고 급식실도 같이 쓰지만 교복은 달랐다.

횡단보도 앞에서 준수가 말했다.

"괜찮은 거 맞아?"

"뭐가?"

"뭐긴 뭐야. 아까 그 얘기지."

준수는 말끝을 흐리며 얼버무렸다. 내 별명이 청산가리가 된 일을 말하는 거였다.

초등학교 4학년 때 엄마는 죽고 아버지라던 남자는 내 인생에서 사라졌다. 누가 뭐라든 다 지난 일로 덮고 멀쩡한 척하는 게 내가 선택한 탈출구였다. 괜찮지는 않았으나 대답은 늘 하던 대로 했다.

"지난 일이야. 지난 일."

준수는 말없이 고개를 끄덕였다. 신호가 바뀌었고 우리는 횡단보도를 건넜다. 이제 준수는 오른쪽 길, 나는 왼쪽 길이었다. 준수가 갈림길에서 말했다.

"오늘 편의점에 물건 들어온다."

일이 많은 날이라는 뜻이었다.

"치킨이랑 치즈볼 튀겨 놔. 이따가 갈게."

"뭘 또 오기까지 하냐."

나는 불끈 쥔 주먹을 흔들었다.

"위로와 격려!"

준수는 픽 웃었다.

"오려면 퇴근 시간 맞춰서 열 시쯤 와."

나는 집으로 향했다. 4차선 도로 건너편에 인문계 애들이 무리 지어 걸어가고 있었다. 인문계 애들 틈에 섞인 형석이 보였다. 또다시 속이 뒤틀렸다.

초등학교 4학년 때 겪은 엄마의 자살 사건이 고등학교 2학년이 된 지금까지 내 뒤를 따라다니는 것에는 형석의 역할이 컸다. 형석과 나는 중학교 1학년 때 같은 반이었다. 형석은 반 단체 채팅방에 불쾌한 이모티콘과 웃기지도 않은 사진을 올리곤 했다. 처음에는 몇 번 받아 주던 애들도 형석이 같은 장난을 반복하자 무시하는 것으로 일관했다. 겨울방학이 얼마 남지 않은 어느 날, 형석은 느닷없이 3년 전 우리 엄마의 자살 기사 링크를 올렸다. 기사에는 우리 가족이 사는 동네와 내가 다니는 학교명도 실려 있었다. 녀석은 기사 링크 아래에 우스꽝스러운 이모티콘을 곁들여 한 문장을 더 적었다.

— 야, 이거 두현이 기사다.

순수한 악의였을까. 아니면 관심 좀 받아 보고 싶어서였을까. 형석이 내 과거를 떠벌린 데에는 특별한 이유가 없었다. 같은 초등학교를 나오긴 했으나 녀석과 나는 같은 반도 아니었고 다른 일로 엮인 적도 없었다. 애들이 이건 좀 아닌 것 같다는 식으로 말하자 형석은 재빨리 링크를 삭제했다. 녀석과 나는 며칠 동안 신경전을 하다 험악한 말을 주고받았고 마침내 교실에서 주먹과 발길질이 오가는 싸움까지 벌였다. 주먹에 독이 오를 대로 올랐던 건지 운이 없었던 건지 세게 때리지도 않았는데 형석이 놈의 광대뼈에 금이 갔다.

녀석의 부모님은 나를 강제 전학 보내야 한다고 주장했다. 할아버지 할머니는 형석이 사태의 원인이었다고 맞섰다. 여차저차하다가 우리나 그쪽이나 사과 없이 끝내고 치료비는 각자 해결하기로 했다. 형석과 나는 그 뒤로 말도 섞지 않았다.

얼른 집에 가고 싶었다. 우리 집은 '금강복집' 건물 2층이고 할아버지와 할머니가 금강복집의 주인이었다. 복집 손자인 나는 어려서부터 복어 맛을 알았다. 집에 갈 생각에 뜨끈하고 말간 국물과 미나리 향이 떠올랐고 혀 밑에 침이 고였다. 할머니의 복국 한 그릇이면 재충전은 금방이었다.

쫀득한 복어의 식감을 느끼고 싶었다. 걸음걸이에 힘이 들어갔다. 빵집과 카페, 자동차 정비소를 지나면 할아버지 할머니의 금강복집이 보일 터였다. 앞으로 쭉쭉 걸어 나가려는데 뒤에서 "야!" 하는 소리가 들렸다.

야?

멈칫했다가 걸음을 떼는데 같은 목소리가 다시 들렸다.

"야!"

때리듯이 부르는 목소리였다. 나는 걸음을 멈추고 뒤를 돌아보았다. 자현기계공고 교복을 입은 여자애가 나를 향해 걸어오고 있었다. 재경이었다. 2학년 1학기 말에 자현고에서 전학 온 우리 과에 하나뿐인 여자애.

내가 물었다.

"나?"

"응. 너."

재경은 두 손으로 가방끈을 쥐고 나를 향해 다가왔다. 머리를 뒤로 깔끔하게 묶은 모습과 꼿꼿한 걸음걸이가 야무졌다. 호기심과 의구심이 서린 얼굴로 나를 똑바로 쳐다보기에 나도 시선을 피하지 않았다.

"왜 부른 건데?"

"그거 진짜야?"

뭐가?라고 묻는 의미로 눈을 껌벅였다. 재경이 말했다.

"청산가리."

웃기는 애라는 생각부터 들었다. 아까 정문에서 내가 하는 소리를 들은 건가? 아무리 궁금해도 그렇지. 청산가리 얘기를 이렇게 느닷없이?

재경이 다시 물었다.

"있어?"

"왜? 좀 줘?"

재경은 피식 웃고는 맞받아쳤다.

"줘 봐. 있으면."

무어라 쏘아붙이려다가 갑자기 맥이 빠졌다. 좋을 것 하나 없는 이야기를 또 하고 싶지 않았다. 나는 담담히 대꾸했다.

"청산가리 따위 없어."

재경은 만족스러운 듯 눈을 가늘게 뜨고 고개를 주억거렸다.

"그럼 그렇지. 그럴 줄 알았어."

자기 예상대로였다는 재경의 가뿐한 말투가 불쾌했기 때문이었을까. 당돌한 태도에 밀리고 싶지 않아서였을까. 그것도 아니면 한 번쯤은 진짜 마음을 꺼내 놓고 싶었던 걸까. 나는 속에 담겨 있던 말을 내뱉었다.

"나한테 이제 그런 건 필요 없어."

"무슨 소리야?"

나는 재경의 눈을 쳐다보며 말했다.

"죽었으면 했던 사람은 감옥에 갔거든."

2

출소 날짜는 본인만 안다.

암막 커튼 사이로 새어 들어온 빛에 방 안이 희붐하니 밝았다. 나는 침대에서 몸을 일으켰다. 습관처럼 벽에 붙은 달력에 시선이 갔다. 오늘 날짜는 10월 13일. 달력을 쳐다보며 마른침을 삼켰다. 10월 달력을 보면 시선이 늘 31일에 꽂혔다. 엄마가 스스로 세상을 등진 날이었다. 그날이 머지않았다.

그리고 그 남자, 아버지라는 사람의 출소일도 얼마 남지 않았다. 출소일이 10월 중 어느 하루라는 건 분명했다. 할아버지와 할머니의 대화를 스치듯 듣고 안 사실이었다.

아버지는 5년 전 몽골에서 돌아오자마자 감옥에 갔다. 사업 실패가 빌미였다는데 정확한 사정은 내 알 바 아니었다. 감옥에서 아버지로부터 전화가 오기도 했다. 할아버지가 내게 전화를 받아 보겠느냐고 물어본 적이 몇 번 있었으나 나는 한 번도 응하지 않았다. 엄마가 죽은 건 아버지 때문이었다.

어찌 된 영문인지 엄마 장례식장에 기자가 찾아왔다. 나중에 인터넷 뉴스 기사로 알게 된 내 사정은 현실감이 없었다. 주식 투자 실패로 궁지에 몰렸던 아버지는 사업을 한다며 몽골로 떠났고, 몽골에서 만난 여자와 새살림을 차리겠다고 했고, 엄마에게 이혼하자고 했다. 엄마는 청산가리를 준비했다. 세상에 별일이 다 있네, 하고 떠들 수 있으면 좋겠지만 그게 내가 부모님 없이 할아버지 할머니와 사는 이유였다.

가족이 깡그리 날아가는 일을 겪고도 내가 그럭저럭 사는 건 할아버지와 할머니 덕분이었다. 할아버지 할머니는 엄마의 장례를 치른 뒤에 나를 지금의 집으로 데려왔다. 우리 세 사람이 제정신을 차리기까지는 몇 달이 걸렸다. 겨우 일상을 회복한 할아버지 할머니는 나를 데리고 심리치료센터와 상담센터를 전전했다. 트라우마를 치유한다며 함께 전국 곳곳과 동남아 휴양지로 힐링 여행 같은 것도 다녀왔다.

회복은 더뎠다. 학교 친구는 당연히 없었고 집에서는 만화책과 텔레비전에만 몰두했다. 밥을 잘 먹지 않다 보니 6학년 때도 몸무게가 40kg을 넘기지 않았다. 그나마 게임과 인터넷에 빠지지 않은 건 상담사의 지침을 충실히 따른 할아버지 할머니 덕이었다.

침대에서 내려와 커튼을 젖히자 흐린 아침 햇살이 방 안으로 들어왔다. 어둠에 익숙했던 눈이 찌푸려지면서 시선이 아래로 떨어졌다. 책상 위에 놓인 금속 액자가 눈에 들어왔다. 액자는 엄마의 유품이었다. 금색으로 도금한 프레임에 나무와 이파리 장식을 붙인 투박한 수공예품. 나는 손끝으로 액자 프레임에 내려앉은 먼지를 닦아 냈다. 다이어리 크기의 액자 안에는 아무것도 없었다.

엄마의 기일, 아버지의 출소, 그리고 텅 빈 액자.

내 마음 안에서 위태로운 기운이 어른거렸다. 얼굴이 굳어 가는 건 거울에 비추어 보지 않아도 알 수 있었다. 입술을 안으로 말고 숨을 낮게 내쉬었다. 검은 곳으로 빨려드는 마음을 밖으로 끌어내야 했다. 창문을 열고 서늘한 아침 공기를 맞았다. 자동차 소리, 멀리서 울리는 경적 소리, 문밖에서 동동동동 거실을 가로지르는 할머니의 목소리.

"아따, 썩을 놈아! 어여 일어나!"

나는 조금 웃었다. 출렁이던 마음이 차분히 가라앉았다. 잠시 뒤면 일곱 시를 알리는 핸드폰 알람이 울릴 것이다. 할머니의 썩을 놈 어쩌고 하는 소리가 한 번 더 메아리칠 것이고 내 방으로 돌진해 오는 할머니의 발소리에 귀가 간질간질할 터였다. 그 전에 거실로 나가야 했다.

핸드폰을 들자 때맞춰 알람이 울렸고 둥둥둥둥 소리가 들리기 시작했다. 나는 여유롭게 방문을 열었다. 아따, 썩을 놈! 하는 소리가 터지기 직전에. 할머니와 나는 문턱을 사이에 두고 서로를 쳐다보았다.

"잘 주무셨어요?"

할머니는 인상을 쓰며 말했다.

"밥 먹고 퍼뜩 이 닦아. 너 지금 입냄새가 지옥불가마급이야."

지옥불가마급 입냄새는 대체 어떤 걸까. 할머니가 주방을 향해 걸어가자 익숙한 비린내가 희미하게 풍겼다. 새벽부터 수산물 시장을 다녀온 할머니에게서 나는 냄새였다.

거실로 나가자 얼굴에 따뜻하고 습한 기운이 닿았다. 할아버지가 티테이블 앞 안락의자에 앉아 커피를 마시면서 신문을 보고 있었다. 나는 할아버지에게 다가가 고개를 숙이며 "안녕히 주무셨어요?" 하고 아침 인사를 했다. 할아버지는 신문을 내리며 "잘 잤니?" 하고 인사를 받았다. 할아버지에게서 커피향이 은은하게 밀려왔다.

할아버지는 남색 체크무늬 브이넥 스웨터와 베이지색 면바지를 차려입고 회색 양말을 신은 모습이었다. 구겨진 흰 면 티셔츠에 줄무늬 반바지 차림인 나와는 거리감이 상당했다. 욕실로 가려는데 할아버지의 손목 아래로 비죽이 나온 검푸른 문신에 시선이 걸렸다. 할아버지의 양 손목에는 큼직하고 볼품없는 단검 문신이 새겨져 있었다.

어쩌다가 양팔에 단검 문신을 새겨 버렸는지는 알 수 없었으나 지금의 할아버지는 칼 따위와는 무관했다. 할머니도 넘치도록 기운찰 뿐 평범한 할머니였다.

매일 아침 할머니는 시장을 돌았고 할아버지는 집에서 식사 준비를 했다. 주방에서 할아버지가 끓인 근대된장국 냄새가 풍겼다. 내가 그저께 빨래 건조대에 널어 둔 옷을 네모반듯하게 개켜 둔 사람도 할아버지였다. 할머니는 금강복집의 주방을 맡았고 할아버지는 홀 관리와 청소, 손님 접대를 도맡았다. 이따금 아르바이트생을 쓰거나 내가 일을 거들기도 했지만 아담한 금강복집은 두 분이 꾸려 가기에 충분했다.

나는 쌉싸름하고 구수한 근대된장국과 하얀 쌀밥으로 아침 식사를 마치고 집을 나섰다. 학교 가는 길로 접어드는데 뒤에서 "야! 같이 가!" 하고 누가 불렀다.

재경이었다. 어제 일이 생각나서 저절로 인상이 찌푸려졌다. 재경에게 무심결에 흘려 버린 내 이야기는 아무에게나 할 말이 아니었다.

나는 재경의 얼굴을 빤히 보면서 말했다.

"집이 이쪽이었어?"

나름 날 선 말을 던져 본 것인데 재경은 "뭐래?" 하며 가볍게 넘겨 버렸다.

"늦겠다."

재경은 척척 앞으로 걸어 나가더니 빨리 오라며 재촉했다. 매일 이런 대화를 주고받으며 등교했던 것처럼 자연스러워서 뻔뻔하다는 느낌마저 들었다. 기분이 떨떠름했지만, 걷는 속도를 올렸다.

보통 애가 아니긴 했다. 자현고에서 자현기계공고로 전학 온 것도 예삿일은 아니었다. 간혹 특성화고 전형을 노리고 오는 인문계 애들이 있기는 했다. 하지만 2등급 정도의 애가 특성화고로 전학 오는 일은 들어 본 적이 없었다. 더군다나 재경에게 자현기계공고는 마음 편한 곳이 아닐 터였다. 자기 오빠의 일도 있었으니까.

재경이 걸으면서 말했다.

"이사 왔어."

집이 이쪽이냐는 물음의 대답이었다.

"이사? 언제?"

"그저께."

재경과 나는 횡단보도를 건너고 빵집을 지났다. 등굣길 아침 풍경은 새롭고 깨끗하고 시원했다. 초등학생들이 내가 모르는 만화 캐릭터 얘기를 주고받으며 재잘거렸고 중학교 교복을 입은 남자애와 여자애가 웃는 얼굴로 달려 나갔다. 재경의 옆모습에서 재석 선배의 얼굴이 보였다. 재석 선배의 눈도 쌍꺼풀이 분명했고 턱선이 가팔랐다. 재경에게 슬쩍 물었다.

"재석 선배는 괜찮아?"

"그다지."

오빠 얘기를 물어봐서일까. 재경의 표정이 굳어 버렸다. 재경의 오빠 재석 선배는 작년 이맘때 '귀금 코리아'라는 금형 공장에 현장 실습을 나가서 사고를 당했다. 재석 선배는 CNC 선반 작업을 하다가 쇠봉에 치였고 갈비뼈 일곱 대와 가슴뼈가 부러지는 중상을 입었다. 병원에서 퇴원한 지 꽤 됐는데도 그 뒤로 취업을 하지 못했다. 들리는 말로는 외상 후 스트레스 장애에 시달린다고 했다.

재석 선배의 사고 소식이 후배들의 마음에 깊이 남았던 건 선배가 기계공고 애들이라면 모르는 사람이 없을 만큼 유명했기 때문이었다. 재석 선배는 기능올림픽 출전을 준비할 정도로 밀링 실력이 출중했다. 후배들도 잘 챙겨서 자기만의 밀링 기술 팁을 알려 주기도 했다. 재석 선배는 다른 일로도 기계공고의 전설이었다. 재작년 체육대회 줄다리기 경기 때였다. 기계공고 애들이 함성을 지르며 응원을 하는데 인문계 건물 3층 창문에 글 하나가 나붙었다고 했다. 8절지 여덟 장에 굵은 매직으로 적은 문구는 다음과 같았다.

시 끄 럽 다 공 부 하 자

그 문구를 본 기계공고 선배들은 눈을 돌리거나 응원을 그만두었지만 재석 선배는 달랐다. 재석 선배는 3층의 그 교실로 올라갔다. 유리창에 붙은 종이를 모조리 떼어 버리다가 그 반 애들과 한바탕 소동을 벌였고 그 사건으로 학교봉사 조치를 받았다. 다음 해, 재석 선배는 학생회장 선거에 출마해 압도적인 표차이로 회장에 당선되었다. 재석 선배가 내걸었던 공약은 '차별 철폐'였다.

그 오빠에 그 동생이랄까. 작년 겨울, 재경은 오빠의 사고에 대한 귀금 코리아 장귀녀 사장의 진심 어린 사과를 요구하며 학교 정문 앞에서 닷새 동안 1인 시위를 했다. 인터넷 게시판에 글을 올리고 학교 게시판에 대자보도 붙였지만 장귀녀 사장이나 학교로부터 이렇다 할 반응은 없었다.

당시 장귀녀 사장은 학교운영위원장이었다. 자현기계공고의 몇 안 되는 여자 선배였는데 학교에 이런저런 후원을 하곤 했다. 졸업생들의 취업 자리를 알아봐 주기도 했고 장학금을 주기도 했다. 이따금 급식실에서 기계공고 애들에게만 케이크나 아이스크림 같은 특식이 제공되기도 했는데 그런 날에는 매번 '귀금 코리아 사장 장귀녀'라는 이름이 배식대에 걸려 있었다. 언제나 우리 편일 것 같던 사람이었으나 장귀녀 사장은 현장 실습 사고를 재석 선배 본인 탓으로 돌렸다. 재석 선배가 안전 수칙을 지키지 않아서 사고가 났다는 게 장귀녀 사장의 입장이었다.

재경과 나는 사거리를 지나 학교 쪽으로 방향을 틀었다. 멀리서 걸어오는 준수가 보였다. 준수도 나를 알아보고는 손을 슬쩍 들다가 멈칫거렸다. 나와 나란히 걸어오는 재경을 보았기 때문일 터였다. 재경이 준수에게 손을 흔들며 말했다.

"준수다."

기다렸다는 투였다. 신호등이 초록으로 바뀌었다. 다른 애들은 학교 정문 쪽으로 건너갔지만 나는 횡단보도 앞에 서서 준수를 기다렸다. 재경도 내 옆에 서 있었다.

나는 턱짓을 하며 재경에게 물었다.

"학교 안 들어가?"

재경이 말했다.

"나도 기다리면 안 되냐?"

네가 왜 기다려? 하고 물을 뻔했다. 안 될 일은 아니었다. 우리 쪽으로 다가온 준수가 내게 입 모양으로 '뭐야?' 하고 물었다.

준수를 쳐다보는 재경의 얼굴이 넘치도록 밝아서 나를 대할 때의 싸한 태도는 뭐였나 싶었다. 재경이 준수에게 발랄한 목소리로 말을 걸었다.

"등굣길에 만났어. 얘 청산가리 얘기는 뻥이더라. 넌 알았지?"

"뻥? 뭐가?"

"얘가 청산가리 갖고 있다는 소문. 뻥이어서 안심했어. 확인했으니까 친구 해도 될 것 같고."

이번에는 내가 물었다.

"친구?"

재경은 혼자 떠들기 시작했다. 1학기 말에 전학을 왔는데 우리과에 두 명 있다던 여자애들이 줄줄이 자퇴할 줄은 몰랐다. 방학 때야 그럭저럭 지냈으나 친구 없이 2학기를 보내다 보니 너무심심해서 죽겠구나 싶었다. 친구 좀 만들어 볼까 하던 참에 눈에딱 들어온 게 나와 준수였다. 내 별명이 청산가리라고 해서 찜찜했으나 별명만 청산가리라서 그냥 넘어가기로 했다. 재경의 이야기는 물 흐르듯 자연스러웠고 목소리는 털털했다.

"그래서 내가 너희 둘을 친구로 찍었잖아."

어이가 없었다. 친구가 찐 감자야? 찍으면 찍히는 게 친구냐고.그런 말로 되받아치고 싶었지만 말할 순간을 잡지 못했다. 게다가 준수는 은근히 들뜬 얼굴이었다. 뭐야, 대체, 저 표정은. 설마

설레는 얼굴인 거냐. 이런 차돌 같은 여자애 때문에 구름 위 둥둥 마음이라니.

준수는 속이 빤했다. 자기 속내를 숨기고 다른 표정을 짓거나 과장하며 웃지 않았다. 준수와 내가 제법 친해졌을 무렵, 준수는 내게 "학교가 동물의 왕국이라면 넌 무슨 동물인 거 같아?" 물었고 나는 잠깐 고민하다가 "복어." 하고 대답했다. 겉보기에는 온순해 보이지만 입안에 니퍼 같은 이빨이 있고 내장에 치명적인 독을 품고 있다는 게 마음에 들어서였다. 준수는 "나는 기린." 하고 말했다. 나는 인정한다는 눈빛으로 고개를 끄덕여 주었다. 키도 크고 눈매도 순하니 기린이 제격이었다. 우리가 복어와 기린이라면 재경은 어떤 동물로 봐야 할까.

신호등이 초록불로 바뀌었다.

"가자."

재경이 먼저 걸음을 내디뎠고 준수와 나는 재경의 양옆에서 보조를 맞췄다. 학교 정문에서 재경은 등교하는 인문계 쪽 친구들과 인사하느라 바빴다. 나는 곁눈질로 재경을 관찰했다. 재경은 바삐 인사를 하면서도 상대가 서운해하지 않을 만큼만 시선을 주고 무게중심은 우리 쪽에 두었다. 영리한 아이였다. 친해지자니 껄끄러웠고 거리를 두자니 재경에게 허락이라도 받아야 할 것 같았다. 내 속을 아는지 모르는지 준수는 재경이 하는 말에 귀를 기울이며 실실거리고 있었다.

우리는 정문에서 이어지는 콘크리트 길을 따라 학교로 걸어 올라갔다. 오늘은 밀링 실습이 두 시간 있는 날이었다. 체육 시간에는 내일 있을 자현기계공고 개교 기념 체육대회 계주 연습을 해야 했다. 나는 하이텍기계과의 계주 대표 선수였다. 키는 작은 편이었지만 몸이 가볍고 발이 빨라서 계주 선수 선발에서 어렵잖게 1등을 따냈다. 이왕 나가게 된 거 가능하면 좋은 성적을 내고 싶었다.

나는 내일의 나를 그려 보았다.

만국기가 걸린 운동장.

우스꽝스러운 과 티를 입고 함성을 지르는 아이들.

나는 달리기가 좋았다. 뛰다 보면 힘들었고 힘든 시점이 지나면 고통스러웠다. 고통의 시간을 버텨 내면 아무런 생각이 들지 않는 때가 찾아오는데 그때부터는 내 안에 하얗게 퍼지는 평온함에 푹 빠질 수 있었다.

밀링을 좋아하는 것도 같은 이유였다. 쇠를 깎는 순간에는 아무런 잡념이 들지 않았으니까.

그때였다. 앞에서 고함 소리가 들렸다.

"야, 이 자식들아! 내가 자현의 왕이다!"

나와 준수는 우뚝 멈춰 섰고 재경은 푹, 웃었다.

"쟤 뭐야?"

재경이 손을 들어 가리킨 곳은 학교 운동장 스탠드에 설치된 차양이었다. 엎어 놓은 반달 모양의 차양 위에 누군가가 서 있었다. 키가 크고 머리가 밤송이 같은 기계공고 남학생이었다. 스탠드 차양을 떠받친 철제 구조물 위에 다리를 벌리고 서 있던 그 애는 두 팔을 위로 쭉 뻗으며 우렁우렁한 목소리로 다시 외쳤다.

"다들 긴장해! 내가 돌아왔으니까!"

위협적이라기보다는 우스운 분위기였는데 우습다고만 할 수는 없었다. 자신이 자현의 왕이라고 소리치는 아이를 안다면 더더욱.

어딘가에서 호루라기 소리가 났고 빨리 안 내려오느냐는 말소리가 들렸다.

"뭐야? 저 또라이는?"

재경은 기가 막힌다는 얼굴로 웃었지만 나와 준수는 웃지 않았다.

강태였다.

강태가 돌아왔다는 건 하이텍기계과의 평화는 끝이라는 의미였다. 강태는 자현기계공고에 입학하자마자 사고를 쳤다. 2학년이 되어 그 수위는 더 거세졌다. 결국 담임 선생님은 강태의 도발을 감당하지 못하고 새 학기 한 달 만에 병가를 낸 뒤 학교를 그만두었다. 우리 반에 들어오는 선생님들은 수업 시작부터 지친 표정이었다. 강태는 툭하면 책상을 뒤엎으며 악을 써서 함께 교실에 있는 것 자체가 스트레스였다. 강태 때문에 과를 옮긴 친구도 있었다. 1학기 말에 강태가 차털이로 사고를 쳐서 소년분류심사원에 입소하지 않았더라면 더 많은 학생들이 과를 옮겼을 것이다.

강태가 돌아왔으니 각오해야 했다. 앞으로 수업은 엉망이 될 터였다. 교실에 들어서면 강태의 낯빛부터 살펴야 할 것이다. 나와 준수가 복어와 기린이라면 강태는 악어였다. 자기보다 작고 만만한 상대라면 동족도 가리지 않고 사냥하는 포악한 악어.

3

교실에서 체육복을 벗고 실습복으로 갈아입는데 뒤로 누군가
가 다가오는 인기척이 났다.

"오랜만이야, 청산가리. 달리기 빠르더라?"

강태가 내 목을 왼팔로 감고 오른손으로 땀에 젖은 내 머리
칼을 털었다. 녀석의 굵은 팔뚝에 목이 눌렸고 말할 수 없이 불
쾌한 기분이 올라왔다. 나는 기침을 하며 "아, 그만해." 하고 몸
을 뺐다.

"청산가리 새끼가 그새 말이 늘었네."

강태는 내 뒤통수를 세게 치며 한마디 덧붙였다.

"머리 좀 감고 다니고. 애기 땀 냄새가 아주 달콤하잖아."

뒤에서 다른 애들이 웃는 소리가 들렸다. 속이 끓긴 했지만 강
태에게 맞서려면 그만큼의 원한과 각오가 쌓여야 했다. 시선을
피하며 체육복을 정리하는데 교실 뒷문으로 재경이 들어왔다.

화장실에서 실습복으로 갈아입었는지 체육복을 팔에 걸친 모습이었다. 강태는 재경을 위아래로 훑어보며 탄성을 내질렀다.

"우와! 이게 뭐야! 여자다, 여자!"

몇몇 애들이 낄낄거렸다. 재경은 그러거나 말거나 자기 자리에 앉아 책상을 정리했다. 강태가 재경에게 큼직한 오른손을 내밀었다.

"정식으로 인사하자. 나 강태야. 조강태."

재경은 반응하지 않았다. 강태가 큰 소리로 웃으며 말했다.

"내 별명도 알려 줄게. 아주 쉬워. 내 이름에서 이응만 빼면 바로 별명이거든."

내 앞에 있던 애들이 조까태, 조까태 하며 또 클클거렸다. 나는 가방에 체육복을 넣으며 재경과 강태를 곁눈질했다. 여자애라곤 재경 혼자였고 강태의 집적거림은 이제 시작이었다. 재경은 허리를 세우고 앉아서 강태를 올려다보았다. 재경의 눈빛은 꼿꼿했다. 강태는 내민 손을 바지 주머니에 찔러 넣으면서 조금 전과는 다른 어조로 말을 걸었다.

"인문계 공주님께서 예까지 웬일이실까. 여기는 쇳밥 먹고 사는 거친 남자들 세상인데."

"쇳밥, 먹어는 봤어?"

재경의 대꾸에 오, 하는 감탄이 들렸다. 강태가 과장된 표정을 지으며 재경의 말을 따라 했다. "쇳밥, 먹어는 봤어?" 까부는 게 귀엽다는 듯이.

"양아치야?"

"뭐라고?"

"너 이러는 거 엄청 불편해. 분명히 나는 말했다."

역시 재경이었다. 강태가 반걸음 뒤로 물러서더니 뱉듯이 말했다.

"너 여기 왜 왔냐? 대학 가려고 왔냐?"

강태는 교실을 돌아보면서 이죽거렸다.

"이유야 빤하지. 내신 잘 따서 대학 쉽게 가려는 거 아냐? 그런 애들 난 딱 재수 없던데. 우리가 무슨 밑밥이냐? 깔창이야? 우리 머리 사뿐히 밟고 쭉쭉 올라가겠다는 속셈 아닌가?"

재경이 픽, 웃었다.

"야, 조까태."

강태의 검고 굵은 눈썹이 가파르게 모였다. 재경을 찍어 누르려는 듯이.

"뭐라고 했냐. 지금."

"너 나보다 밀링 잘하냐?"

"뭐?"

재경은 의자를 뒤로 밀면서 일어섰다. 재경의 정수리는 강태

의 어깨에도 미치지 못했다. 재경이 허리춤에 손을 올리고 말을
이었다.

"내가 밀링 배운 지 한 달밖에 안 되긴 했는데 너보다는 잘할
거 같거든. 학교를 제대로 다닌 적이 없다며? 애들 사뿐히 밟으면
서 쪽쪽거리고 다닌 건 나보다는 너 아닌가? 양아치 짓으로 1등
먹으면서."

강태의 얼굴이 흉하게 일그러졌다. 재경의 얼굴도 긴장과 흥분
으로 실룩거렸다. 강태는 크악! 하고 소리를 지르며 발로 재경의
책상을 밀어 버렸다. 벽에 부딪힌 책상은 요란한 소리를 내며 바
닥에 넘어졌다.

재경이 말했다.

"세워 놔."

강태는 눈을 희번덕거리며 대꾸했다.

"미쳤구나. 여자라고 봐줄 줄 아냐?"

"세워 놔!"

재경의 앙칼진 외침 뒤로 수업 시작 멜로디가 울렸다. 실습실
로 이동해야 했지만 교실의 누구도 움직이지 않았다. 강태와 재
경은 서로를 노려보고 있었다. 경쾌한 멜로디가 사라지자마자 재
경은 팔짱을 끼고 같은 말을 반복했다.

"못 알아들어? 책상 세워 놔."

"이게 진짜!"

강태의 오른손이 위로 올라갔다.

나는 나도 모르게 강태를 향해 말해 버리고 말았다.

"야, 그만하자. 재석 선배 동생이야."

일순간 교실이 조용해졌다. 강태는 천천히 고개를 돌려 이글거리는 눈으로 나를 쏘아보았다. 아이들의 시선이 내게 쏠렸고 목으로 마른침이 넘어갔다.

"알지! 잘난 척하는 재석 선배 동생 이재경. 그래서 더 재수 없어. 그 선배 지금 쇠몽둥이에 찔려서 정신이 나가 버렸다던데. 밀링 실력이 좀 모자랐던 거 아냐?"

그때였다.

"나와라. 강태."

아이들이 일제히 고개를 돌렸다. 교실 앞문에는 베이지색 바지에 검정 가죽점퍼 차림의 남자 선생님이 서 있었다.

정명진 선생님이었다. 학교에서 강태가 말을 듣는 유일한 선생님. 강태는 고개를 모로 돌렸다. 정명진 선생님의 목소리가 다시 교실에 울렸다.

"조강태. 나와."

강태는 낮게 욕을 지껄이며 교실 뒷문으로 나가 실습실 반대쪽 복도로 걸어갔다. 정명진 선생님은 "조강태!" 하고 소리를 내질렀을 뿐 강태를 뒤쫓지는 않았다. 재경이 쓰러진 책상을 세우자 준수가 다가가 바닥에 흩어진 책과 필통을 챙겨 주었다. 선생님은 앞자리에 앉아 있던 아이에게 무슨 일이냐고 물었고 어, 어, 응, 그래서, 하는 짧은 말로 대꾸하며 자초지종을 들었다. 준수는 재경의 책상을 반듯하게 자리 잡아 주며 재경의 표정을 살폈다. 왼쪽 입술을 지그시 문 재경의 눈가가 물기로 반질거렸다. 선생님은 재경을 부르다 말고 뚱한 표정으로 애들에게 말했다.

"뭐 해? 실습실 안 가?"

아이들이 복도로 나가기 시작했다.

정명진 선생님은 거칠고 억센 오라가 어른거리는 사람이었다. 190cm가 넘는 거구에 나이는 30대 초반. 팔과 다리, 몸통 어느 것 하나 크지 않은 게 없었다. 맹금류의 부리를 닮은 콧날은 우뚝했고 두툼한 눈두덩 위에 붙은 짧고 옅은 눈썹은 평소에도 가운데로 기울어져 있었다. 심지어 밥 먹을 때조차도.

정명진 선생님은 4월부터 하이텍기계과의 담임이 되었고 첫날 우리 앞에서 낮게 깔린 목소리로 천천히 말했다.

"공고 다닐 때부터 나는 밀링이 좋았다. 쇠를 깎는 일인데 섬세해야 한다는 게 좋았어. 핸들로 조절하는 나사 선의 깊이에 따라 제품의 완성도가 달라지는 거다. 1/100mm 정밀도를 추구하는 이 작업에는 예술적 경지가 있다. 그 경지에 도달하면 밀링에 빠져들게 되지. 밀링에는 사람을 매료시키는 힘이 있다. 너희도 이 일에 빠져 보면 좋겠다."

교실은 침 삼키는 소리가 들릴 만큼 조용했다.

"너희 이제 어린 나이 아니다. 의무교육 기간은 끝났어. 하겠다는 놈들은 받는다. 글러 먹은 인생 살겠다고 용쓰는 놈들까지 신경 쓰지는 않아. 세상은 호락호락하지 않다. 안전하지도 않고 따듯하지도 않지. 특히나 너희들에게는 더 그래. 사는 게 만만치 않다는 거, 이미 아는 놈들도 여럿일 거다. 철이 덜 든 놈들도 몇 년 지나면 알게 될 거야. 곳곳에 싸울 거리가 넘친다는 걸. 넘치는 힘, 자신과 친구들을 망치는 데 쓰지 말고 세상과 싸우는 데 써. 그거 스스로 못 하면 답 없다. 규칙은 규칙으로 작동할 테니 뭉갤 생각 하지 마라."

선생님은 우리를 착실히 챙겼다. 쉬는 시간에도 종종 복도에서 교실을 들여다보았고 수업이 모두 끝나면 진공청소기로 교실 구석구석에 고인 먼지를 빨아들였다. 선생님은 같은 일을 충실히 반복하는 사람이었다.

오늘 밀링 실습도 선생님이 늘 하는 말로 시작됐다.

"사고는 약간의 부주의와 기가 막힌 우연으로 일어나는 거다. 누구도 예외는 없어."

우리는 "안! 전! 제! 일!" 하고 외치며 실습에 돌입했다.

나는 밀링머신의 오른쪽에 있는 전원 스위치를 돌렸다. 지잉 하는 소리와 함께 밀링머신에 오일이 공급되었다. 오늘의 실습 과제는 가로 75mm, 세로 74mm, 높이 31mm의 직육면체 쇳덩이를 정육면체 형태의 가공물로 만드는 것이었다. 도면의 수치를 정확히 구현하는 게 관건이었다. 나는 핸들로 밀링머신을 조작하며 직육면체 공작물을 커터로 깎기 시작했다.

둔탁하고 규칙적인 소리가 울렸다. 쇳소리와 함께 커터에 공작물이 깎여 나갔다. 커터와 공작물이 맞닿은 곳에서 불꽃이 튀었고 거뭇하던 공작물의 표면이 은빛으로 반짝였다. 깎여 나간 가느다란 쇠 쪼가리들이 장갑을 끼지 않은 손과 뺨에 튀었다. 가끔 재수가 없으면 쇠 쪼가리가 손에 박히기도 했다.

몸으로 하는 일이었다. 옆에서 보면 슬금슬금 움직이는 것 같지만 체력을 비축해 둬야 긴 시간 집중해야 하는 실습을 무리 없이 마칠 수 있었다. 고등학교를 졸업하고 이 분야로 취업하게 되면 매일 해야 하는 일이기도 했다.

중학교 때는 밀링이 뭔지도 몰랐다.

자현기계공고를 선택한 건 바닥에 납작하게 깔린 성적과 준수 때문이었다. 준수는 일찍 돈을 벌고 싶다며 자현기계공고에 가겠다고 했다. 늦은 밤 육교 위에서 집안 사정과 진로에 관해 이런저런 이야기를 하고 있을 때였다. 육교 아래로 전조등을 켠 커다란 덤프트럭이 빠르게 내달리자 발밑이 무겁게 진동했다. 그 떨림이 발끝부터 마음 한구석까지 전해졌다.

나는 준수의 얼굴을 올려다보며 말했다.

"너 가면 나도 거기 갈란다."

준수가 어이없다는 얼굴로 나를 내려다보았다.

"진짜?"

"응."

"이렇게 그냥 결정해?"

그냥 내린 결정은 아니었다. 준수를 쫓아가면 뭔가 보일 것 같았다. 무엇보다 준수 자체가 내게 의미 있었다. 준수는 엄마의 일을 딛고 일어서던 시기를 함께해 준 친구였다. 집에 가면 할아버지 할머니가 있었고 학교에 가면 준수가 있었다.

준수와 나는 중학교 1학년 때 같은 반이었다. 형석과 싸운 다음 날부터 녀석이 나를 챙긴다는 느낌이 들었다. 어느 날 준수가 떡볶이를 먹자고 해서 복어는 어떠냐고 물어보았다. 할머니의 복어 튀김을 먹어 본 준수는 치킨보다 맛있다며 눈을 동그랗게 떴다.

나는 육교 난간을 툭툭 차며 대꾸했다.

"그럼 안 되냐?"

우리는 난간에 팔을 걸치고 서서 한동안 아무 말도 하지 않았다. 준수는 육교 너머 어딘가를 바라보며 씩 웃었다.

"안 될 건 없지."

준수가 내게 악수를 청했다. 나도 준수의 손을 맞잡고 함께 웃었다. 일생일대의 결정이 내려지는 순간이었다.

자현기계공고에 들어와 보니 적성에 맞았다. 금형 기술 배우는 길을 선택한 건 쇠를 깎아 낼 때의 통쾌함에 마음이 끌렸기 때문이었다. 깎여 나가는 쇠를 보고 있으면 속이 후련해지곤 했다. 이토록 단단한 쇠도 깎아 낼 수 있다면 무어든 다뤄 내지 못할 게 없다는 생각이 들었다. 나는 밀링머신이 좋았다. 차분하고 단단한 마음인 내가 좋았다. 다들 이 마음 하나 얻자고 대학이네, 취업이네, 하며 고생하는 거 아닐까.

높고 넓은 밀링 실습실에 차갑게 공명하는 쇳소리가 울렸다. 깎여 나간 공작물이 점차 정육면체로 완성되어 가고 있었다.

실습실은 긴장이 기본인 곳이었다. 실습 시간이면 우리는 보안경을 착용하고 실습복을 입고 철판으로 덮인 안전화를 신었다. 회전하는 기계에 장갑이 끼면 손이 함께 딸려 들어갈 수 있어서 장갑은 끼지 않았다. 누가 시키지 않아도 바닥을 깨끗이 관리했다. 기름에 미끄러져서 밀링머신에 머리라도 박으면 피를 볼 수 있었으니까.

"치수가 큰데?"

모터음과 쇠 깎이는 소리 사이로 정명진 선생님의 목소리가 들렸다. 재경에게 하는 말이었다.

"잘못했나요?"

"1mm 더 가공해."

내 고개가 뒤로 돌아가려는 걸 알아차린 선생님이 모두를 향해 외쳤다.

"각자 자기 작업에 몰두해라."

나는 테이블 핸들을 조절하는 데 정신을 집중했다. 머리카락 굵기의 차이로도 우열이 갈리는 작업이었다. 기능올림픽 출전을 위해 따로 특별 훈련을 받는 애들은 밀링머신을 하루에 열세 시간씩 다뤘다.

어디에서든 특별히 열심히 하는 사람이 있다. 재석 선배는 자격증이 열한 개나 되는 걸로 유명했다. 우리 과에도 새벽 두 시까지 공부에 전념하는 애들이 있었다. 착실하기로는 준수도 빠지지 않았다. 편의점 아르바이트를 하면서도 틈틈이 공기업 취업 시험을 대비해 NCS 시험 문제집을 풀었는데 내가 본 것만 해도 열 권이 넘었다. 준수의 목표는 한국전력 입사였다.

중학교 때까지만 해도 나와 함께 학교생활 대충 했던 준수는 고등학교에 입학한 후로 태도를 바꿨다. 지각 한 번 하지 않았고 1학년 때는 성적 우수상과 진로 캠프 표창장을 받았다. 교내 한

국사 경시대회에서 3위를 찍은 수상 경력도 있었다. 나는 하나도 없는 자격증을 준수는 여섯 개나 갖고 있었다.

정육면체 가공이 끝났다. 나는 주축을 올리고 바이스에서 가공물을 뺐다. 모양이 나쁘지 않았다.

"괜찮네. 아직까지는."

정명진 선생님의 말소리가 들린 곳은 강태 쪽이었다.

다른 애들은 대부분 과제 수행을 마치고 뒷정리를 하는 중이었다. 아까 교실 밖으로 뛰쳐나갔던 강태는 뒤늦게 실습실로 돌아왔다. 험악한 표정은 여전했으나 재경에게 시비를 걸거나 다른 애들에게 화풀이를 하지는 않았다. 정명진 선생님이 그동안 강태에게 공을 들인 덕분일 터였다.

실습실에 강태의 밀링머신 돌아가는 소리가 울렸다. 다른 애들이 정육면체 가공을 하는 동안 강태는 평면 가공을 했다. 강태가 낮은 목소리로 정명진 선생님에게 무언가를 물었다. 그것도 수줍은 얼굴로. 보통 교과 수업이나 이론 수업 때는 핸드폰 게임을 하거나 엎어져 잠을 자는 게 일상인 강태였으나 정명진 선생님의 실습 때는 달랐다. 풀린 나사처럼 헐렁하던 눈빛이 밀링머신 앞에서는 또렷해지곤 했다.

정명진 선생님은 담임이 된 날부터 강태에게 각별히 정성을 들였다. 정명진 선생님의 정성은 선생님스러운 것과는 거리가 멀었다. 선생님과 강태가 술집에서 술잔을 기울이고 으슥한 골목에서 맞담배를 피우더라는 소문도 들렸다. 강태가 차털이로 소년분류심사원에 들어갔을 때는 일주일에 한 번씩 면회를 갔다고 했다. 강태와 같이 소년분류심사원에 들어갔던 다른 과 애에게서 흘러나온 얘기였다.

강태의 밀링머신에서 덜덜거리는 불안한 소음이 들렸다. 정명진 선생님이 밀링머신을 살폈다.

"아냐. 공구가 너무 내려왔어. 좀 더 올려. 얼른. 그 방향 말고!"

선생님의 목소리가 올라가는 것과 동시에 둔탁한 소리가 났다. 무리한 작동으로 공구가 부러진 거였다. 강태는 멍하니 작동을 멈춘 밀링머신을 쳐다보다가 보안경을 벗어 내동댕이쳤다.

선생님의 목소리가 낮아졌다.

"조강태. 인내심."

강태는 거칠게 실습복 점퍼를 벗어 던졌다. 선생님이 다시 말했다.

"할 수 있어."

강태가 감정이 널뛰는 목소리로 말했다.

"안 되는 건 안 되는 거예요. 저랑 안 맞는 거라고요."

"안 맞아도 할 일은 하는 거야."

강태는 실습실 밖으로 나가다가 바닥에 미끄러져 보기 좋게 자빠지고 말았다. 누군가가 쿡, 하고 웃었다. 강태는 실습실이 울리도록 욕설을 내질렀다. 평소라면 웃은 새끼 누구야! 하며 악을 썼겠지만 실습실에는 정명진 선생님이 있었다. 강태는 외마디 소리를 한 번 더 지르고는 실습실을 나갔다.

실습실은 원래의 평온을 되찾았다. 익숙한 상황이었다. 1학년 때 각종 사고를 치고 자퇴와 퇴학 길로 접어든 애들이 떠올랐다. 퇴학당하는 날 학교 정문에서 자신의 교복을 커터칼로 갈가리 찢어 버린 녀석도 있었다. 교실에서 욕설이 줄어들었고, 수업도 나아졌지만 나는 궁금했다. 학교를 떠난 그 녀석들은 지금 어디에서 무얼 하며 살고 있을지.

정명진 선생님이 다가와 내가 완성해 놓은 정육면체 가공물에 줄을 대고 가장자리를 다듬었다. 나는 선생님의 입에서 나올 한마디를 기다리며 선생님의 표정을 살폈다.

선생님이 말했다.

"수고했다."

맥이 풀렸다. 칭찬이 아니어서 아쉬웠으나 선심 쓰듯이 얻는 칭찬은 밍밍했다. 내가 원하는 건 감탄 섞인 칭찬이었다. 그런 칭찬을 받으려면 실력이 좋아야 했다. 정성을 기울이고 훈련을 거듭해야 했다. 밀링은 정직한 기술이었다.

4

2층 학생회 회의실 창문 밖으로 운동장에 걸린 만국기가 보였다. 집에 가는 아이들이 웃고 떠드는 소리도 들렸다. 나는 천장을 올려다보며 한숨을 내쉬었다. 정명진 선생님을 언제까지 기다려야 하는 걸까. 그것도 재경과 함께. 대체 내가 왜 여기에 불려 와 있는 건지 이해가 되지 않았다.

재경이 말했다.

"야, 좀 떨어져."

"왜?"

"땀 냄새 지독해."

나는 육상복 차림이었고 재경은 초록색 공룡 잠옷 차림이었다. 엉거주춤 일어서서 의자를 옆으로 옮겼다. 재경은 핸드폰을 책상에 엎어 놓으며 "아, 배터리 나갔어." 하고 중얼거렸다.

재경과 나는 체육대회가 끝나자마자 정명진 선생님한테 불려

왔다. 학생회 회의실은 비어 있을 때가 많아서 선생님이 사고 친 학생을 지도할 때 애용하는 곳이었다. 특별한 문제를 일으킨 적도 없는 내가 어째서 이곳에 재경과 함께 앉아 있는 것인지 알 수가 없었다.

재경이 불려 온 것은 그럴 법했다. 자현기계공고 개교 기념 체육대회에서 재경은 제대로 사고를 쳤다. 지금은 천연덕스러운 얼굴로 다리를 달달달 떨고 앉아 있지만 아까 장귀녀 사장과 힘겨루기를 할 때의 재경은 무서울 정도였다.

재경은 운동장 조회대에서 열린 시상식을 노렸다. 계주 대회 우승상을 주기 위해 장귀녀 사장이 조회대 위로 나오자 재경은 공룡 꼬리를 흔들며 가볍게 뛰어 올라갔다. 공룡 잠옷의 넉넉한 품 안에서 작고 빨간 확성기를 꺼내어 어깨 위로 올리더니 사이렌 소리를 울렸다.

애애애앵.

모두의 시선이 조회대에 서 있는 재경에게 쏠렸다.

재경은 확성기에 대고 힘껏 외쳤다.

"사과해요! 이재석 선배에게!"

조회대 뒤편에 앉아 있던 선생님들이 재경을 말리려 나섰지만 장귀녀 사장은 마이크를 잡고 재경의 말을 받았다.

"뭘 사과하라는 거지?"

장귀녀 사장의 목소리가 운동장에 울려 퍼졌다. 재경은 확성기에 대고 소리쳤다.

"현장 실습 규정을 지키지 않았잖아요!"

장귀녀 사장은 여유로운 표정으로 다시 물었다.

"내가 언제 현장 실습 규정을 지키지 않았다는 거지?"

"그걸 몰라서 물어요?"

장귀녀 사장은 운동장에 모인 학생들을 향해 또박또박 말했다.

"후배 여러분, 저와 귀금 코리아는 현장 실습 규정을 지키지 않은 적이 없습니다. 빨간 확성기 친구의 말은 무시하세요."

재경이 외쳤다.

"거짓말!"

"저 말이 거짓말입니다."

"실습 규정 지키지 않았잖아요!"

"오해입니다. 답답하군요."

"오해라뇨! 말 다했어요?"

"더 할 수도 있죠. 해 볼까요?"

탁구공이 네트를 넘나드는 듯한 공방이 이어졌다. 둘의 말이 한마디씩 오갈 때마다 학생들의 고개가 공을 따라가는 것처럼 일제히 돌아갔다. 재경이 온 힘을 다해 말을 쏘아 내면 장귀녀 사장은 운동장을 쩌렁쩌렁 울리는 마이크와 스피커로 재경의 말을 가볍게 눌러 버렸다. 재경의 목소리와 말투가 점점 더 거칠어졌다. 처음에는 점잖게 놀리는 듯했던 장귀녀 사장의 태도에도 감정이 섞이기 시작했다.

재경이 악을 쓰듯이 외쳤다.

"당신 같은 사람이 선배라니! 우리 편이 맞긴 한 거야?"

재경의 목소리 끝이 거칠게 갈라졌다. 장귀녀 사장은 턱을 치켜들고 재경을 쏘아보았다.

"어디에서 자꾸 앵앵거리는 소리가 들리는데 무슨 말인지 알아들을 수가 없어요. 뭐라고요?"

누군가 쿡 웃었다. 그게 방아쇠였던 걸까. 재경은 확성기를 바닥에 내동댕이치고 장귀녀 사장의 마이크를 빼앗으려 들었다.

시상을 기다리던 나는 조회대 위에서 그 광경을 모두 지켜보았다. 장귀녀 사장은 어림없다는 듯 마이크를 높이 치켜들었고 재경은 장귀녀 사장의 팔을 붙들었다. 그 바람에 단상 위에 놓였던 황금색 우승 트로피가 바닥으로 떨어지면서 두 동강 났다.

급기야 재경이 공룡 잠옷 속에서 물컹거리는 물풍선을 꺼냈다. 그리고 장귀녀 사장을 향해 소리쳤다.

"사과하라고요! 우리 오빠한테!"

물풍선은 장귀녀 사장의 목과 어깨 사이에 명중했고 그대로 터져 버렸다.

장귀녀 사장은 물을 뒤집어썼다. 힘주어 부풀린 장귀녀 사장의 부숭부숭한 머리칼이 뺨과 목덜미에 찰싹 들러붙었다. 뿔테 안경에도 물방울이 맺혀 앞을 보기 힘들 것 같았다. 보라색 투피스 정장 끄트머리에서 흘러내린 물이 조회대 바닥에 어지러운 선을 그렸다.

재경이 다시 품속에 손을 넣어 무언가를 꺼내려는 순간, 장귀녀 사장이 재경을 확 밀쳤다. 재경은 '현장 실습 규정 준수'라고 적힌 플래카드를 제대로 들어 보지도 못하고 놀라서 달려온 선생님들에게 붙들렸다.

재경이 끌려 내려가자 장귀녀 사장은 얼굴에 묻은 물기를 대충 훔치고는 아무 일도 없었다는 듯 마이크에 대고 외쳤다.

"계주 우승! 하이텍기계과!"

어정쩡한 박수 소리가 울렸다.

싸움의 판세는 장귀녀 사장에게 기울어진 채 끝났다. 장귀녀 사장이 애처롭게 호들갑을 떨고, 물을 뚝뚝 흘리며 조회대 밖으로 도망치고, 재경이 조회대 중앙에서 플래카드를 당당히 들어 올리며 재석 선배에게 사과하라고 힘차게 소리쳤다면 재경의 승리였겠지만…… 벌어진 일은 그게 아니었다. 장귀녀 사장은 비명 한 번 지르지 않았고 나를 보고는 작은 목소리로 "오랜만이다. 잘 뛰더구나." 하는 여유까지 부렸다.

내가 무어라 대답할 상황은 아니었다. 장귀녀 사장은 두 동강 난 우승 트로피를 끼워 맞추려다 포기하고 내 양손에 황금 컵과 받침대를 하나씩 얹어 주었다. 애들이 웃는 소리가 들렸다. 조회 대에서 내려가는데 교장 선생님이 교감 선생님과 다른 선생님들을 노기 어린 말투로 나무라는 소리가 들렸다. 그러니까, 재경이 학생회 회의실에 불려 온 건 이유가 있어서였다.

그럼 나는? 대체 왜?

복도에 무거운 발소리가 울렸다. 나는 허리를 세우고 회의실 문을 쳐다보았다. 문이 열리고 체육복 차림의 정명진 선생님이 들어왔다. 선생님은 접이식 의자를 빼서 앉더니 탁자 위에 하늘색 파일철을 척, 하고 내려놓았다.

"왜 그랬지?"

재경에게 건넨 말이었다.

"미안하다고 하질 않아서요."

정명진 선생님은 한숨을 쉬고 나를 쳐다보았다. 나는 억지로 입가를 끌어 올려 어색하게나마 웃어 보였다. 잘못한 게 없었으니까.

선생님은 하늘색 파일철을 열고 서류에 적힌 내용을 훑어보았다. 그러고는 피곤하다는 듯 엄지와 검지로 눈두덩을 문질렀다. 선생님은 재경에게 잠시 나가 있으라고 했다. 재경이 나가고 회의실에는 나와 정명진 선생님만 남았다.

"너는 왜 그랬어?"

"뭘요?"

"살해 협박."

"네?"

선생님의 입에서 튀어나온 단어는 어처구니없고 뜬금없고 상상조차 해 본 적 없는 것이었다. 그냥 협박도 아니고 살해 협박이라니. 제대로 들은 게 맞나 싶었다. 정명진 선생님이 등받이에 등을 기대고 나를 바라보았다.

"너, 그저께 하굣길에 인문계 애 셋한테……."

선생님은 말을 잇지 못했다. 짚이는 게 있었다. 설마 그거?

"청산가리요?"

차마 말 꺼내기 어렵다는 듯 선생님은 한숨을 내쉬었다.

"신고 들어왔다. 네가 걔들을 죽이려고 했다고."

"네?"

"너 그날 걔들 저녁밥에 청산가리 넣겠다고 했어?"

선생님이 서류를 내려다보며 말을 이었다.

"청산가리 얘기하면서 저녁 약속 잡자고 강요했고, 망치랑 쇳덩이 운운하면서 협박했다던데 사실이야?"

틀린 말은 아니었고 안 한 말도 아니었지만 그게 대체 무슨 살해 협박씩이나 되는 꼬리표를 단단 말인가.

"걔들이 학교를 못 나온단다."

"왜요?"

"너 무서워서. 정신과 진료도 받았다고 하고."

정명진 선생님은 양 팔꿈치를 책상에 대고 깍지 낀 손에 이마를 얹었다.

"미리 말해 두지만 그쪽에서는 사과나 반성 이런 거 필요 없다고 했다. 내가 얘기하기 전까지는 사과 같은 건 할 생각 하지 마. 괜히 자극할 수 있으니까."

나는 항변했다. 억울하다고, 말도 안 된다고, 반쯤 장난이었다고, 걔들이 먼저 나를 청산가리 어쩌고 하면서 놀렸다고. 자꾸 재수 없게 굴면 너 진짜 죽는다, 하고 말하는 게 살해 협박은 아니지 않느냐고, 맛있어 죽겠네, 가 요리한 사람이 살인범이라는 뜻은 아니잖느냐고. 내 얘기를 다 들은 정명진 선생님이 무뚝뚝한 얼굴로 대꾸했다.

"그래서 걔들이 너를 학교폭력으로 신고하지 않은 거야. 쌍방 신고 상황으로 접어들면 자기들도 귀찮아지니까. 대학 입시에 지장 있을 수도 있고. 뭐가 어떻든 처벌만 되면 문제 삼지 않겠다는 게 그쪽 입장이다."

방식이 영악했다. 문득 형석과 형석의 부모님이 떠올랐다. 그들이 꾸민 짓이 분명했다. 중학교 1학년 때 일에 대한 복수를 이런 식으로 하는 건가 싶었다.

내가 물었다.

"그럼 이제 어떻게 해요?"

"너희 할아버지 할머니께서 동의하시면 생활교육위원회 열릴 거야. 지금 상황에서는 그게 최선이다."

선생님은 복도로 나가 재경에게 들어오라고 한 뒤 하고 싶은 말이 없냐고 물었다. 재경은 없다고 했다.

선생님은 우리를 물끄러미 쳐다보다가 하늘색 파일철을 접었다.

"나중에 날짜 알려 줄 테니까 둘 다 집안 어른 모시고 와. 징계 는 피할 수 없을 거야."

5

정명진 선생님이 회의실 문을 열어 주었다. 선생님은 1층 교무실로 내려갔고 재경과 나는 계단을 천천히 올라갔다. 한 층 한층 올라갈 때마다 오가는 애들이 줄어들더니 4층 계단에 접어들자 지나가는 사람이 하나도 없었다. 짧은 육상복을 입고 있어서 한기가 들었다. 계단참 전신 거울에 땀투성이 하얀 육상복 차림의 나와 공룡 잠옷 차림의 재경이 비쳤다.

우리는 발소리가 들릴 정도로 고요한 복도를 지나 5층 우리과 교실로 들어갔다.

교실에는 아무도 없었다. 허탈한 마음에 기운이 빠졌다. 내 편이 되어 줄 사람의 목소리가 필요했다. 나는 준수에게 전화를 걸었다.

"어디냐?"

"괜찮냐? 무슨 일이야?"

괜찮을 리가 있나. 살해 협박 혐의를 받고 있다는데.

나는 재경을 슬쩍 쳐다보았다. 괜찮지 않아 보이는 건 재경도 마찬가지였다. 회의실에서는 혼자 대범한 척하더니 막상 사태가 일단락되자 긴장이 풀린 모양이었다.

재경은 가방에서 청바지와 셔츠를 꺼내고는 화장실로 향했다. 공룡 꼬리를 좌우로 흔들며 걸어가는 뒷모습이 안쓰러웠다. 장귀녀 사장에게 사과하라며 악을 쓰던 재경의 모습은 오래도록 기억에 남을 것 같았다. 그때, 재경의 눈에는 눈물이 고여 있었다. 운동장에 줄지어 선 애들은 볼 수 없던 모습이었다.

나는 준수에게 대답했다.

"나중에 얘기해 줄게. 어디야?"

"집. 동생이 배고프다고 보채서."

핸드폰 너머로 그릇 달그락거리는 소리, 물 쏟아지는 소리가 들렸다. 동생 챙기러 집에 바로 간 모양이었다. 준수네 집에는 초등학교 6학년 여동생과 4학년 남동생이 있다. 준수의 부모님은 오늘도 일하다가 늦게 돌아오실 터였다.

"밤에 편의점에서 봐. 자세한 얘기는 그때 할게."

"알았어. 이따가 와."

"치킨 먹어야 하는 기분이야."

"내 것도 사라."

화장실에서 옷을 갈아입고 돌아와 보니 재경의 가방이 없었다. 복도로 나가 양쪽을 살폈다. 복도 창밖 풍경은 늦은 오후 완연한 가을이었고 재경은 보이지 않았다. 그사이에 먼저 가 버린 모양이었다.

나는 가방을 챙긴 뒤 복도로 나왔다. 띄엄띄엄 열린 복도 창문이 눈에 들어왔고, 내일 미세먼지 농도가 높을 거라던 일기예보가 생각났다. 걸어가면서 열린 창문을 하나씩 닫았다. 드르륵 탁, 드르륵 탁.

어처구니가 없었다. 살해 협박이라니, 그게 말이 돼? 형석이 "아빠, 두현이가 청산가리 어쩌고 했어요." 하며 겁먹은 얼굴로 떠들고 걔네 아빠가 "음, 그건 살해 협박이야." 하고, 걔네 엄마가 "그렇다면 피해 증거를 준비해야지!" 호들갑 떠는 모습이 떠올랐다. 상상 속 장면이었지만 두 손이 오그라들 만큼 치사하고 옹졸하고 유치했다. 할아버지 할머니에게 이 상황을 얘기하는 것도 문제였다. 이 일 자체가 아버지와 엄마를 상기시킬 테니까.

터덜터덜 무거운 마음으로 계단을 내려가려는데 훌쩍이는 소리가 들렸다. 나는 걸음을 멈추고 귀를 기울였다. 기침, 또다시 훌쩍이는 울음소리. 계단 위 어딘가에서 누군가가 숨죽여 흐느끼고 있었다.

발소리를 낮추며 위로 올라갔다. 옥상 쪽 계단참에 실습 폐품을 담은 포대 자루가 쌓여 있었다. 피복 벗긴 전선 끄트머리가 자루 밖으로 뻗친 머리카락처럼 삐져나와 있었다. 그 자루들 옆에 쭈그리고 앉은 사람이 보였다.

재경이었다.

청바지에 까만 카디건을 걸친 재경은 얼굴에 흐른 눈물을 닦아 내다가 낮은 소리로 기침을 했다. 두 손으로 얼굴을 덮고 조용히 흐느끼며 어깨를 들썩였다. 우는 재경의 모습을 보는데 마음이 아려 왔다. 아마도 쏟아지려는 눈물을 참으며 긴 복도를 걸어왔을 것이다. 계단에 이르러서는 더 이상 참을 수 없었을 것이다. 다시 화장실까지 가기는 너무 멀어서 옥상 쪽 계단참 컴컴한 곳으로 숨어든 게 아닐까.

올라갈까 말까 고민했으나 재경이라면 혼자 있고 싶어 할 것 같았다. 재경에게 건넬 만한 위로의 말이 떠오르지도 않았다. 무엇보다 혼자 우는 재경에게 다가가도 괜찮을 만한 관계의 깊이가 우리 사이에는 없었다. 진작에 친구였다면 같이 있어 주기라도 했을 텐데, 생각했다.

그러나 우는 사람이 누구든 애처로운 건 어쩔 수 없었고 연민을 느꼈다면 이미 마음이 반쯤은 넘어간 것이나 마찬가지였다. 이러다 진짜 친구 되겠군.

나는 조용히 계단을 내려왔다. 건물 현관을 나서자 쏟아지는 햇살에 눈이 부셨다.

체육대회가 끝난 운동장에서 몇몇 애들이 공을 차며 놀고 있었다. 내가 트랙을 달릴 때 쩌렁쩌렁 울리던 환호성과 응원을 생각했다. 오늘 인문계 건물 유리창에는 아무것도 붙어 있지 않았다. 인문계 애들이 창문을 열고 우리를 구경하거나 "파이팅!" "잘한다!" "멋지다!" 소리를 질러 주기도 했다.

나는 하늘을 올려다보고 집에 가서 무얼 먹을까 고민했다. 운동장을 뛸 때 내 귓가를 스치던 세찬 바람을 떠올렸다. 불러올 수 있는 모든 생각을 그러모아 수위를 높여 오는 불안과 두려움을 내리눌렀다.

"살해 협박이 말이 돼?"

대수롭지 않은 척 뱉어 보았다. 양 뺨을 툭툭 치며 '정신 차리자. 김두현. 정신 차려. 김두현.' 중얼거렸다. 어깨가 올라왔다가 내려가도록 한숨을 내쉬며 마음을 추스르려 애썼다.

얼기설기 붙여 둔 마음은 언제고 바스러질 수 있었다. 내 감정을 이르는 단어들을 찾고 그에 따른 대처 방법을 떠올리려 애쓰곤 했다. 상담 선생님에게 배운 방법이었다. 화가 날 때는 이 분노가 그럴 만한 것인지 의심했고, 슬플 때는 즐거웠던 시간을 떠올렸다. 원하던 일을 이루지 못해 자존심이 상했을 때는 다음에 잘하면 된다고 무작정 미래를 낙관했다.

괜찮아졌다고, 이제 멀쩡하다고 되뇌어도 이따금 과거의 기억이 소환되는 것은 어쩔 수가 없었다. 엄마가 나를 어떻게 떠났는지 알았을 때, 아버지가 엄마에게 내던진 말을 뉴스에서 읽었을 때의 기억은 좀처럼 잊히지 않았다. 아버지는 다른 여자와 살겠다며 이혼하자고 했다. 뉴스에 박힌 게 그 정도였으니 더 독살스러운 말을 퍼부었을지도 몰랐다.

그 상상은 내게 독이었다. 청산가리보다 치명적이고 복어의 독보다도 더 진한 검붉은 마음이 김을 모락모락 피어올리며 혀를 날름거렸다. 너는 절대로 벗어날 수 없어. 그런 생각이 독을 품은 이슬처럼 내 마음 어두운 곳에 맺혀 있다는 걸 나는 알았다.

양 볼이 불룩해지도록 다시 한번 긴 숨을 내쉬었다. 새파란 하늘이 아름다웠다. 기분 좋은 바람이 불어와 내 머리칼을 간질였다. 눈을 감고 가을을 한껏 들이마시며 나 자신을 다독였다.

됐다. 됐어.

뭘 또 다 지난 일로 상처를 받았네, 기억이 생생하네 징징거린단 말인가. 요 며칠 내 의지와 무관히 소환되어 버린 과거사 때문에 마음이 번잡스러웠지만 지금까지 그래 왔던 것처럼 털어버리고 오늘을 살면 그뿐이었다. 사는 건 매년 작년보다 나아졌다. 중학교 3학년 때보다 고등학교 1학년 때가 나았고 고등학교 1학년 때보다 2학년 때가 더 나았다. 학교생활도 그렇고 내 마음도 그랬다.

복국이 먹고 싶었다. 그래. 바로 이거다. 삶이 온통 회색빛이었기 때문인지 하고 싶다, 되고 싶다, 먹고 싶다, 같은 모든 욕심이 나는 반가웠다. 두 다리에 힘을 주고 다시 우리 집을 향해 걸어갔다. 빵집과 카페, 자동차 정비소를 지났다. 이제 조금만 더 가면 금강복집이 나올 터였다.

파란 복어가 그려진 유리문을 열자 딸랑, 종소리가 울렸다. 손님 없는 홀은 아늑하고 넉넉했다. 오후의 햇살이 사선으로 비춘 금강복집은 나만을 위한 요람 같았다.

주방에서 나온 할머니가 앞치마에 손을 닦으며 나를 맞아 주었다.

"왔냐?"

할머니의 얼굴이 평소와 같아서 마음이 놓였다.

나는 활짝 웃으며 말했다.

"배고파요."

6

재경과 나는 생활교육위원회에서 사회봉사 처분을 받았다. 재경은 여덟 시간, 나는 열두 시간. 재경이 받은 처분이 나보다 가벼웠던 건 장귀녀 사장이 재경을 선처해 달라고 부탁했기 때문이었다. 내게 살해 협박을 당했다는 녀석들은 재발 방지 약속과 함께 엄정한 처벌을 요구했다. 학교폭력 사안이기는 하지만 생활교육위원회에서 조치를 내려 주면 더 이상 문제 삼지 않겠다고 했다.

할아버지 할머니는 이 일을 생활교육위원회에서 다루는 것에 어쩔 수 없이 동의했다. 생활교육위원회가 열린 회의실에서 할아버지 할머니는 억울하다고 했다. 선생님들에게 날 놀린 녀석들도 함께 벌을 받게 해 달라고 요청했다. 교감 선생님은 곤란한 표정이었다.

"저희도 무슨 말씀이신지 잘 압니다. 그런데 이 회의에서 그 문제를 다룰 수는 없습니다. 송구합니다만 절차라는 게 있으니까요. 요청하시면 다시 날짜를 잡아 보겠습니다. 학교폭력으로 신고를 하실 수 있어요."

우리가 학교폭력으로 문제 삼으면 상대도 같은 식으로 대응할 터였다. 문제는 내 행위가 더 자극적으로 비친다는 거였다. 할머니는 복장이 터질 거 같다며 빠른 걸음으로 먼저 가 버렸다. 나와 할아버지는 천천히 집으로 갔다. 금강복집 문을 열자 주방에서 탕탕, 탕탕 소리가 났다. 할머니가 칼로 복어를 손질하는 소리였다. 할아버지는 평소보다 요란한 주방을 물끄러미 쳐다보다가 나를 데리고 2층으로 올라왔다.

그날 저녁상은 유난히 푸짐했다. 할머니가 내 앞에 복어 튀김 접시를 밀어 놓으며 말했다.

"어떻게 하고 싶어?"

"밥이나 먹고 얘기해. 애 체하겠어."

씨근거리는 할머니도, 타이르듯이 말하는 할아버지도 내게는 똑같이 따스했다. 나는 노란 튀김옷이 바삭거리는 복어 튀김을 먹으며 마음을 정리했다.

저녁을 먹고 설거지를 한 뒤 할머니의 어깨를 주무르며 말했다. 학교 빠지고 체험활동 하는 셈 치겠다고. 이번 일은 그걸로 마무리하고 싶다고.

집 앞에서 버스를 타고 고속버스터미널 앞에 있는 무료 급식소로 향했다. 오늘부터 사흘 동안 매일 네 시간씩 무료 급식소에서 봉사를 해야 다시 학교로 돌아갈 수 있었다. 버스 안은 늦은 출근을 하는 사람들이 적잖았다.

버스는 가을 도심을 지나갔다. 각진 빌딩이 곳곳에 서 있는 거리를 지나 아파트 단지와 경찰서와 작은 박물관을 굽이굽이 돌며 사람들을 내리고 태웠다.

주말도 아니고 공휴일도 아니고 재량 휴업일도, 방학도 아닌, 아무것도 아닌 날 학교 바깥에 있으니 기분이 묘했다. 내가 학교 울타리 안에 있는 동안 세상은 이렇게 천연덕스레 돌아가고 있었구나 싶어서 조금은 쓸쓸하고 조금은 여유로운 기분마저 들었다. 툭 떨어져 나와 혼자 어딘가를 가는 이 상황이 나쁘지만은 않았다. 어쩌면 쉼표 같은 날이 될지도 몰랐다.

병원 앞을 지나는데 옆자리에서 핸드폰 벨소리가 울렸다. 벨소리가 너무 커서 사람들의 눈길이 쏠렸다. 내 옆자리에 앉은 파마머리 아저씨가 낮춘 목소리로 전화를 받았다.

"뭐? 진짜? 그쪽에서 그렇게 나와?"

아저씨의 말에 호기심이 동했다.

"아니, 배관 사이즈가 안 맞는 게 왜 우리 잘못이야? 애초에

주문을 제대로 넣었으면 이런 일 없을 거 아냐. ……뭐? 우리 쪽
실수가 있었어?"

기세등등하던 아저씨의 음성이 누그러졌다.

"……그러면 내 잘못이야. 내가 점검했어야 해."

자기 실수를 빠르게 인정하고 수습하는 낯빛이 진지했다. 입에
서 툭툭 나오는 용어는 내가 알아듣기 어려웠는데 아저씨가 제
조업에서 잔뼈가 굵은 사람이라는 건 알아차릴 수 있었다. 위치
를 다시 조정해 봐. 그게 안 될 리가 없어. 원자재값은 좀 빼 주겠
다고 해. 아무리 그래도 장비 교체 비용을 우리 쪽에서 물 수는
없지, 하는 말들이 노련해 보였다.

핸드폰을 쥔 아저씨의 손은 거칠고 뭉툭했다. 아까 옆자리에
앉을 땐 늙수그레한 아저씨란 인상뿐이었는데, 대화에서 드러나
는 분위기는 아주 견고해 보였다. 자신의 세계를 처음부터 끝까
지 아는 사람이었다.

아저씨는 하차 벨을 누르며 낮은 소리로 말을 이었다. 걱정하
지 말라고, 아예 잘됐다고, 설계부터 께름칙했다며 이참에 더 나
은 방식을 제안하면 우리 쪽 신뢰를 높일 수 있다고 했다.

버스가 정류장에 정차했다. 아저씨는 버스에서 내리며 목소리
를 높였다.

"야야, 내가 이 바닥에서만 30년이야!"

버스가 다음 정류장을 향해 출발했다.

아저씨가 말한 30년이라는 숫자가 마음에 남았다. 내가 살아온 17년에 13년을 더하면 30년이었다. 내가 13년을 더 살면 마주하게 될 숫자 30.

아저씨 나이는 몇일까. 어쩌면 아버지와 비슷할지도 몰랐다. 군대도 다녀왔을 것이고 직장 생활도 했을 것이다. 연애와 결혼과 아이의 탄생을 경험했을 수도 있다. 어쩌면 해고 위기에 몰리거나 사고를 당한 적이 있을지도 몰랐다. 아저씨는 그렇게 지금의 모습에 이르기까지 삶의 시간을 쌓아 왔을 터였다. 나도 언젠가는 아저씨의 나이에 이르게 될 것이다.

지금은 한창 가을이지만 곧 겨울이 온다. 고등학교를 졸업하면 어디로든 가야 한다.

할아버지 할머니의 복집 일을 거들다가 군대에 가는 것도 방법이었고 준수처럼 공기업 시험 준비에 뛰어드는 것도 방법이었다. 아니면 밀링 실력을 바짝 올려서 군 특성화 반에 들어갈 수도 있었다. 군 특성화 반에 들어가면 자주포 정비 부사관으로 월급 받으며 군 생활을 할 수 있었다. 그것도 아니면 바로 공장에 취업할 수도 있었다. 취업하면 어른 노릇을 할 수는 있을 터였다. 내 돈으로 핸드폰 요금을 내고 할아버지 할머니 선물도 사줄 수 있을 것이다. 더는 학생도, 어른도 아닌 어중간한 미래가 금방이었다.

어디로든 가면 그만이었지만 어째서인지 대학에 가고 싶지는 않았다. 할아버지 할머니는 내게 무엇을 해도 좋다고 말하면서 대학 생각은 왜 안 하느냐고 물은 적이 있었다.

"할아버지 할머니도 대학 안 나오셨잖아요."

두 분의 학력은 나란히 중졸이었다. 할머니는 다섯 동생들을 돌보기 위해 어릴 때 옷 가게에 들어가 장사를 배웠고 할아버지는 농사일을 거들다가 공사판에서 청소년기를 보냈다.

"근데 잘 사시잖아요. 이렇게 근사하게."

할머니는 괜히 헛기침을 하며 코를 매만졌다. 할아버지는 나를 쳐다보다가 느릿한 목소리로 말했다.

"그게 쉬운 줄 아나?"

쉽지 않았을 것이다. 나는 "저도 잘 살아 볼게요. 최선을 다해서." 하고 말했고 그 뒤로 두 분은 내게 대학 이야기를 꺼내지 않았다.

우리 과에도 대학을 준비하는 애들이 있었다. 먼저 취업하고 대학에 가겠다는 애들도 있었고 내신 관리를 잘해서 특성화고 등학교 특별 전형으로 대학에 진학하겠다는 애들도 있었다. 어떤 친구들은 그 애들에게 대학 가려면 왜 특성화고로 왔느냐, 대학 적응 못 하고 그만두는 선배도 많았다, 하는 식으로 충고 아닌 충고를 했다. 나는 다른 사람의 진로를 두고 이죽거리는 태도가 싫었지만 이해할 수는 있었다.

불안해서 그런 거였다. 불안해서.

미래를 생각하면 불안했고 그건 어쩔 수 없었다. 우리 모두가 그랬다. 귀금 코리아의 장귀녀 사장은 우리의 불안을 대놓고 충동질하는 사람이었다.

"정신 차려라. 공돌이 공순이들아. 세상은 너희를 부품으로 써먹으려고 든단 말이야. 정신 바짝 차리지 않으면 그냥 잡아먹히는 거야. 살아남고 싶으면 무조건 실력을 올려야 해. 그것 말고는 답이 없어. 기술은 시간이 지날수록 빛이 나는 거야. 기술력이랑 노하우는 어딜 가지 않거든."

장귀녀 사장은 전교생을 강당에 불러 모은 동문 선배 초청 강연에서 처음부터 반말로 일관했다.

"제조업이 사양이다 어쩌다 하는데 그거 못 믿을 말이야. 제조업은 없앨 수도 없고 없어지지도 않아. 우리가 없으면 세상은 굴러가지 않는단 말이다. 다만 이건 알고 있어. 고급 기술이 돈이 되는 거고, 고급 인력은 이미 넘쳐 난다는 걸. 자기 기술 갖고 있는 50대 60대 들이 너희들을 위해서 자리를 막 내줄 거 같으냐?"

준수는 장귀녀 사장의 이런 태도를 질색했다.

장귀녀 사장은 호불호가 갈리는 사람이었다. 우리를 두고 함부로 공돌이 공순이 운운하는 장귀녀 사장을 싫어하는 애들도 많았지만 좋아하는 애들도 그만큼 있었다. 자현기계공고를 졸업해서 한 기업체의 사장이 되었으니 우러를 만도 했다.

장귀녀 사장의 나이를 궁금해하는 녀석들이 있기에 "마흔아홉이야." 하고 말해 주었다. 네가 그걸 어떻게 아느냐는 물음에는 어쩌다 알게 됐다는 식으로 얼버무렸다. 장귀녀 사장이 엄마의 친구였다는 건 준수도 몰랐다.

엄마와 장귀녀 사장은 같은 초등학교, 중학교를 나왔다. 엄마는 인문계고등학교로 진학했고 대학을 졸업했다. 장귀녀 사장은 자현기계공고를 나온 뒤 금형 공장에 취직했고 지금의 장귀녀 사장이 됐다. 결혼도 했고 내 또래의 딸도 있었다. 엄마와 장귀녀 사장이 놀이터 벤치에 앉아서 이야기를 나눌 때 그 애와 같이 놀기도 했는데 엄마를 닮아 꽤나 거침없었다.

내 기억 속 엄마는 작은 사람이었다. 얼굴도, 체구도, 목소리도 작았다. 엄마의 머리카락은 길고 가늘었지만 장귀녀 사장의 머리칼은 사자 갈기처럼 부숭부숭했다. 장귀녀 사장과 엄마는 균형을 맞춘 양팔 저울 같았다. 장귀녀 사장과 함께 있을 때 엄마는 목소리가 커졌고 장귀녀 사장의 목소리는 낮아졌다. 엄마는 엄마대로 웃고, 장귀녀 사장은 장귀녀 사장대로 웃었다. 장귀녀 사장과 함께 있을 때 엄마는 어쩐지 후련해하는 것 같은 표정을 짓곤 했다.

차창에 비친 내 얼굴이 어둡다.

엄마는 죽었다. 장귀녀 사장은 마흔아홉이었지만 내 기억 속 엄마는 언제나 마흔두 살이었다. 나는 차창에 비친 내 얼굴을 쳐다보며 힘을 내어 웃었다. 웃고 보니 마음이 그럭저럭 괜찮아졌다. 이제 곧 내려야 했다. 무료 급식소에서 모르는 사람들을 만나게 될 텐데 우거지상을 하고 갈 수는 없었다.

고속버스터미널에서 내린 뒤 핸드폰 지도앱으로 '사랑의 집'을 찾았다. 지금 해야 할 일은 봉사 시간을 채우는 것이었다. 열 시부터 오후 두 시까지 사흘. 해야 하는 일은 점심 식사 준비와 배식과 뒷정리였다.

핸드폰을 보면서 길을 찾는데 알림음과 함께 채팅 메시지가 떴다.

— 너냐?

재경이었다. 너냐니. 내가 나지 그럼 누구야.

나는 주위를 둘러보았다. 멀리 뒤에 자전거 핸들을 잡고 서 있는 재경의 모습이 보였다. 핸드폰에 채팅 메시지가 떴다.

— 맞네. 너.

재경은 자전거 헬멧을 착용하고 장갑까지 낀 모습이었다. 재경
은 자전거에 올라타고 나를 향해 페달을 밟았다. 나는 엉겁결에
손을 들었다. 재경이 자전거를 능숙하게 세우며 말했다.
"제시간에 왔네?"
"여기까지 자전거 타고 온 거야?"
"강변도로 따라 달리면 버스보다 빨라. 시원하기도 하고."
재경의 자전거가 눈길을 끌었다. 회색 프레임의 로드레이서였
다. 척 봐도 값나가 보이는 물건이었다. 내 눈길을 알아차린 재경
이 입을 열었다.
"용돈 모아서 중고로 산 거야. 사랑의 집이 어디야?"
봉사활동 시작까지는 아직 10분가량 남아 있었다. 재경과 나
는 지도를 보면서 사랑의 집을 향해 걸어갔다.
재경의 옆얼굴이 해쓱했다. 체육대회가 끝나고 주말을 보낸 뒤
에도 재경은 몸이 안 좋다면서 이틀 동안 결석했다. 수요일에는
생활교육위원회 처분을 받았다. 많이 아팠는지 재경은 목요일에
도 조퇴를 했다. 오늘은 금요일이었다. 그동안 재경과 제대로 마

주할 일이 없었다.

몸은 좀 괜찮아졌냐고 묻자 재경은 "감기야. 감기." 하고 지나가듯이 말했다. 다 나은 건 아니었는지 이따금 잔기침을 하기도 했다. 걸으면서 재경이 사회봉사는 왜 하게 된 거냐고 물었고 나는 내 사정을 이야기해 주었다. 재경은 어처구니없다는 얼굴로 나를 보았다.

"나보다 네가 더 세구나. 살, 해, 협, 박."

전교생 앞에서 장귀녀 사장과 랩배틀을 했던 재경이 할 소리는 아니었다. 나는 '할 말은 많으나 그냥 참는다.'는 표정으로 재경을 보았다. 재경은 인문계 쪽 친구에게서 들었다며 형석이 자현고 생활교육위원회에 가게 됐다는 소문을 전해 주었다.

"그놈이 왜?"

"나도 정확한 건 몰라. 걔가 어떤 애 SNS에 괴상한 짓을 했대. 1학년 때도 그랬다던데? 뭘 훔쳤다고도 하고."

재경이 나를 흘끗 보더니 물었다.

"좋냐?"

"좋긴."

말은 그렇게 했지만 형석이 곤란한 지경에 몰렸다는 소식은 솔직히 달콤했다.

재경과 나는 사랑의 집이 있는 고속버스터미널 왼편 도롯가로 접어들었다. 바로 옆길 따라 들어왔을 뿐인데 거리 풍경이 사뭇 달랐다. 도로 양편으로는 작년에 개축한 고속버스터미널의 세련된 외관에 대비되는 낡은 건물들뿐이었다. 도로 오른쪽 갓길에는 범퍼가 움푹 들어간 소형 트럭과 오래된 승용차가 띄엄띄엄 주차되어 있었다. 마을버스가 지나가자 흙먼지 묻은 검정 비닐봉지가 슬그머니 떠올랐다가 바람이 부는 쪽으로 밀려갔다.

우리는 사랑의 집 앞으로 걸어갔다. 사랑의 집은 갈색 타일을 바른 3층짜리 상가 건물의 1층이었다. 시멘트 계단 위에 양쪽으로 여는 유리문이 있었고 유리문에는 '사랑의 집'이라는 굵고 큼직한 글자가 붙어 있었다.

재경이 작은 트럭 옆에 자전거를 세우고 자물쇠를 채우는 동안 나는 유리문을 두드렸다. 문 안에서 "잠깐만요." 하는 굵은 목소리가 들렸고 잠시 뒤 허연 턱수염의 할아버지가 문을 열어 주었다. 할아버지는 초록색 앞치마에 빨간 두건 차림이었다.

"자현기계공고?"

저음이 풍부한 음색이었다. 우리는 동시에 고개를 끄덕였다. 동그란 금테 안경을 쓴 할아버지는 가슴팍이 넓고 배가 둥그스름했다. 할아버지가 손을 앞치마에 문지르며 말했다.

"반가워요. 나는 문태환 목사라고 해요."

목사님이 악수를 청했다. 우리는 고개를 숙이며 두 손으로 목사님의 손을 가볍게 잡았다. 목사님은 환하게 웃었다.

"정명진 선생님 제자들 맞죠?"

재경이 내게 슬쩍 눈짓을 보내더니 "네." 하고 대답했다. 목사님은 우리를 안으로 안내하며 말을 이었다.

"정명진 선생님 제자면 우리한테는 식구나 다름없지."

딱딱한 분위기가 아니어서 좋았다. 정명진 선생님과 관계가 있는 곳인 듯했으나 캐물을 상황은 아니었다.

유리문 안으로 들어서자 습한 공기가 얼굴에 닿았고 들큼한 냄새가 풍겼다. 세 개의 책상이 놓인 사무실을 지나자 식당처럼 생긴 홀과 주방이 보였다. 홀 벽에 일주일 점심 메뉴가 정리된 안내판이 붙어 있었다.

월요일에는 돼지국밥, 화요일에는 우동밥, 수요일은 주꾸미밥, 목요일은 어묵 백반, 금요일은 삼계탕, 토요일은 제육덮밥, 일요일은 다시 돼지국밥. 돼지국밥으로 시작해서 돼지국밥으로 끝나는 식단이었다.

목사님은 주방으로 들어가면서 우리에게 오늘의 일과를 설명해 주었다.

"오늘 메뉴는 삼계탕이에요. 원래는 같이 일하는 이모님이 계시는데 아프셔서 며칠 자리를 비우게 됐거든요. 일손이 달리던 참인데 두 학생이 와 줘서 고맙네. 내가 시키는 것만 해 주면 돼요. 간단한 거 몇 개."

주방에는 우리 셋뿐이었다. 바로 일을 시작했다. 재경과 나는 초록색 사랑의 집 앞치마를 두르고 냉동고에서 비닐봉지에 담긴 닭을 꺼내어 김장할 때나 보던 커다란 스테인리스 대야에 쏟아 부었다. 작달막한 냉동 닭들이 대야에 쏟아지면서 따당 따당 소리가 났다. 목사님이 작업 순서를 알려 주었다.

"초벌로 끓인 다음에 물 버리고 다시 끓일 거예요. 약재도 넣고요. 두 학생은 내가 삼계탕 끓일 동안 플라스틱 용기에 밥 담고 반찬 담고 건빵이랑 사과는 봉지에 따로 담고 그러면 돼요. 아, 이따가 포장기 사용하는 방법 알려 줄게요. 그게 은근히 재미가 있어."

백 인분의 점심을 준비해야 했다. 커다란 밥솥을 열자 무럭무럭 흰 김이 솟구쳐 올라갔다. 우리는 밥과 반찬을 플라스틱 용기에 담았다. 목사님이 포장하는 시범을 보여 주었다. 용기를 식품 포장기에 넣고 포장기 뚜껑을 닫았다. 뚜껑의 열판이 비닐을 녹이면서 용기에 붙었다. 목사님이 뚜껑을 여닫는 리듬을 설명했다.

"하나 둘 셋 오케이, 하나 둘 셋 오케이. 알겠죠?"

내가 밥과 반찬이 담긴 플라스틱 용기를 식품 포장기 안에 넣으면 재경이 뚜껑을 눌러 마무리했다. 도시락 백 개를 포장하고 건빵과 사과를 담은 비닐봉지를 백 개 꾸리는 일까지 마치자 이번에는 삼계탕을 검정 플라스틱 용기에 담아야 했다. 삼계탕을 포장하는 사이 봉사하는 사람들이 하나둘 들어와 그분들과 함께 설거지까지 마무리했다.

우리는 준비한 도시락을 트럭에 싣고 고속버스터미널 앞으로 갔다.

고속버스터미널에는 천막이 설치되어 있었다. 나와 재경이 주방 일을 돕는 동안 봉사자들이 준비해 둔 천막이었다. 천막 아래에는 네 명이 앉을 수 있는 파란색 접이식 식탁들과 하얀 플라스틱 의자들이 놓여 있었다. 배식 준비를 하는데 사람들이 모여들기 시작했다. 모여드는 사람들 중에는 여자보다는 남자가, 젊은 사람보다는 나이 든 사람들이 더 많았다.

줄지어 걸어오는 사람들에게 나는 삼계탕을, 재경은 건빵과 사과가 든 비닐봉지를 나눠 주었다. 사람들은 말없이 서 있다가 도시락을 받으면 꾸벅 고개를 숙였다. 무언가를 나눠 주는 행위 자체가 보람 있었다. 누군가의 필요를 채우는 일이 좋았다.

얼굴에 저절로 웃음기가 돌았다. 재경의 표정도 나와 비슷했다. 재경에게 봉사활동 끝나고 뭐 할 거냐고 물어볼까 생각하는데 한 남자가 삼계탕을 받으러 가까이 다가왔다. 순간 나도 모르게 멈칫했다.

삼계탕을 받아 든 중년 남자가 "고맙수." 하고 말했다. 남자는 재경에게서 건빵과 사과를 받고는 또다시 "감사요." 중얼거렸다. 나는 홀린 듯 남자의 구부정한 등과 걸어가는 뒷모습을 뚫어져라 쳐다보았다. 전기에 감전된 것처럼 근육이 빳빳해졌고 어지럼증이 일었다.

"야, 뭐 해?"

재경의 목소리였다. 퍼뜩 정신을 차렸다.

남자는 테이블 앞에 앉아 쿨럭거리며 비닐 포장을 벗기고 있었다. 내게서 삼계탕을 받지 못한 할머니가 "저기, 여기, 이거 봐 학생." 하고 작은 목소리로 웅얼거렸다. 나는 간신히 그 남자에게서 눈을 뗐다. 허둥지둥 할머니에게 삼계탕 도시락을 건네다가 떨어뜨릴 뻔했다. 포장이 되어 있어서 다행히 국물이 흐르지는 않았다.

"왜 그래? 너 괜찮아?"

재경이 옆에서 걱정스럽게 물었다. 나는 재경의 말에 대꾸조차 하지 못했다. 기계적으로 도시락을 나눠 주면서도 눈길이 자꾸만 남자에게로 향했다.

남자의 모습에서 아버지가 보였다. 아버지 같아 보이는 남자였다. 우리 집을 산산조각 내고 감옥에 가 버린 나의 아버지라는 그 남자가 열 걸음쯤 떨어진 곳에 앉아 있는 것 같았다.

7

도시락 나눠 주는 일을 간신히 마쳤다. 아버지와 닮은 그 남자는 도시락을 다 먹은 뒤 고속버스터미널 안으로 사라졌다.

나는 천막을 걷고 파란 테이블을 차곡차곡 접으며 마음을 다독였다. 아버지일 리 없었다. 닮은 사람이었을 가능성이 컸다. 그럼에도 나는 뺨이라도 한 대 얻어맞은 사람처럼 얼이 빠져 버렸다. 뒷정리를 마치고 사랑의 집을 나오는데 목사님이 내게 "두현 군, 괜찮습니까?" 하고 물어보았다. 나는 억지로 웃으며 괜찮다고 했다.

아버지를 마지막으로 본 건 초등학교 2학년 겨울이었다.

아버지는 화물차 운전사였다. 전국을 돌며 화물을 옮기는 게 일이었는데 집에 들어오는 날이 한 달에 며칠도 되지 않았다. 그토록 오랜 시간을 일했으나 무엇 때문인지 집안 형편은 고만고

만했다. 엄마는 내가 어린이집에 갈 나이가 되자 바로 식당 일을 시작했다.

뉴스 기사에 비친 아버지는 냉혈한, 사이코패스, 가정폭력범, 사기꾼이었으나 어릴 적 내 기억 속 아버지는 잔인한 사람도, 폭력을 쓰는 사람도 아니었다.

하루는 아버지가 어린 나를 덤프트럭에 태우고 어딘가를 향해 달렸다. 바깥 풍경을 쳐다보다가 까무룩 잠이 들었는데 깨어나 보니 다른 세상이었다. 도착한 곳은 항구였다. 육중한 소음을 내며 움직이는 거대한 컨테이너 기중기를 올려다보며 나도 모르게 탄성을 질렀다. 회색 콘크리트 바닥 위에 알록달록한 컨테이너가 열을 맞춰 서 있었다. 바닷바람에 섞인 매캐한 배기가스 냄새가 좋아서 일부러 숨을 더 크게 들이마셨다.

아버지는 트럭에서 내려 조수석 문을 열고 내 양 겨드랑이에 손을 끼웠다. 웃차, 소리와 함께 나는 콘크리트 도로에 내려섰다. 나와 아버지는 바다를 향해 나란히 섰다. 아버지는 내게 말했다. 소리를 질러 보라고. 나는 입을 벌리고 조금 큰 소리로 아, 했다. 아버지는 그것밖에 못 하냐며 두 손을 들어 자기 입가에 댔다. 허리까지 뒤로 젖힌 폼은 그럴싸했지만 아버지 입에서 나온 아 소리는 시작부터 하강 곡선을 그렸고 바람 빠진 풍선처럼 짜부라 들었다. 내가 풉, 웃자 아버지는 멋쩍어했고 우리는 서로를 바라보며 또 웃었다.

가정불화의 시작은 아버지의 병이었다. 어느새 고질병이 되어버린 허리 디스크가 문제였다. 더 정확히는 쉼 없이 운전을 해야 했던 게 문제였다. 허리가 아파서 화물차를 몰고 나가지 못하는 날이 늘어나자 아버지는 화물차를 처분하고 집에만 있었다. 그리고 돈을 벌어야 한다며 주식에 손을 댔다. 아는 누구, 친한 누구의 권유로 시작한 일이었다.

그즈음의 아버지는 반짝이는 눈으로 숫자와 그래프가 그득한 모니터 앞에 앉아 마우스만 딸깍거렸다. 엄마는 아버지를 참아내는 태도로 일관했지만 가끔은 말다툼을 벌이기도 했다. 한번은 옆집에서 경찰에 신고를 할 정도로 크게 싸우기도 했다.

돈으로 돈을 벌려는 아버지의 모든 시도는 결국, 안타깝게도, 기어이 같은 말로 끝을 맺었다. 초등학교 2학년 겨울의 어느 날, 아버지는 돈을 벌러 몽골에 간다고 했다.

몽골로 떠나는 날, 공항에서 아버지는 내게 말했다.

"두현이도 많이 컸으니까 이제는 아빠라고 부르지 말고 아버지라고 불러."

언제 돌아올지 모를 길을 떠나면서 아버지는 내게 왜 그런 말을 했을까. 깨어질 미래를 예감했던 것인지 아버지의 눈빛은 불안하게 흔들렸다.

아버지는 미안해했고 두려워했고 자신 없어 하는 것 같았다. 아버지도 자신의 몽골행이 우리 모두를 파국으로 몰고 갈 것이라고는 생각하지 않았을 것이다. 잘해 보고 싶었을 것이다. 그러나 아버지가 돈을 좇아 떠난 뒤로 벌어진 현실은 참담했다. 결국 아버지와 내가 서로를 마주 본 건 공항에서의 그날이 마지막이었다. 아버지는 엄마의 장례식장에도 오지 않았다.

장례 절차는 육중한 톱니바퀴가 느릿느릿 돌아가는 것처럼 진행됐다. 할아버지 할머니가 장례식장 뒤에서 죄인처럼 어쩔 줄 몰라 하던 모습이 어렴풋이 기억난다. 아버지는 왜 안 오는 거냐는 물음에 외할아버지와 외할머니는 아무 대답도 하지 않았다. 화로로 들어가는 엄마의 관을 바라보던 외할머니가 기절하는 것도 보았다.

내 기억 속 엄마는 일에 치여 살던 사람이었다. 낮에는 여러 집을 돌며 청소를 했고 저녁에는 곱창집에서 주방 보조로 일했다. 빚을 줄이기 위해 이사한 작은 집은 천장 모서리가 둥그스름했다. 누렇게 변색된 벽지는 내가 그 집을 떠날 때까지도 그대로였다. 늦은 밤 집에 돌아온 엄마에게서는 늘 꿉꿉하고 비릿한 노린내가 났는데 나는 그 냄새가 반갑기도 하고 싫기도 했다. 어린 나이였지만 엄마가 안쓰러웠고 괜스레 미안했으며 아버지가 원망스럽기도 하고 보고 싶기도 했다.

7년 전 10월 즈음, 엄마의 눈 밑은 까맣다 싶을 정도로 거뭇했다. 식탁 위에는 약봉지가 수북했다. 일도 나가지 않았고 나를 혼자 두고 집을 비우기도 했다. 그리고 10월 31일. 엄마는 생을 마감했다.

악마가 손톱이 뾰족한 거대한 손으로 나와 엄마를 내리친 것이다. 엄마는 악마의 무지막지한 검은 손바닥에 눌려 형체도 없이 사라졌고 손가락과 손가락 사이에 서 있던 나만 운 좋게 살아남았다.

엄마는 유서를 남기지 않았다. 인터넷 뉴스 기사에는 엄마가 그 일을 '홧김에' 저질렀다고 적혀 있었다. 할머니는 아버지로부터 비롯된 이 모든 사태를 두고 "돈 귀신이 붙어서 그래. 돈 귀신." 하며 세상 탓을 했지만 당사자인 내 입장은 달랐다. 아버지가 뱉은 다른 여자, 이혼 같은 말들이 엄마를 더 깊은 구렁텅이로 밀어 넣은 것이 분명했다.

마음이 아파서였을까. 나는 할아버지 할머니의 보살핌을 오롯이 받아들였지만 어째서인지 머리카락을 자르고 싶지 않았다. 할아버지와 할머니는 작정하고 고집부리는 나를 내버려두었다. 초등학교 5학년 때부터 기르기 시작한 머리칼은 6학년이 되자 어깨까지 내려왔다. 앞머리가 커튼처럼 얼굴을 온통 가려 버려서 할머니가 아침마다 머리띠를 챙겨 주곤 했다.

6학년 졸업식을 마친 날, 거실에서 할아버지와 텔레비전 뉴스를 보다가 할아버지에게 물었다.

"복어 독 먹으면 죽어요?"

할아버지는 텔레비전을 보면서 대답했다.

"죽지."

"어떻게 죽어요?"

"숨을 쉴 수 없어서 죽게 되는 거야. 근육이 마비되니까."

"얼마나 먹어야 죽어요?"

"많이 먹을수록 빨리 죽는 거야. 왜 물어보지?"

"벌주고 싶은 사람이 있어요."

"누구."

"그 남자."

할아버지는 나를 물끄러미 쳐다보았다.

"용규?"

용규는 아버지의 이름이었다.

"네."

"왜?"

"엄마를 죽인 건 그 남자 같아요."

"그런가?"

"복수하고 싶어요."

한동안 말이 없던 할아버지는 소파에서 일어나 주방으로 갔고 드르륵드르륵 소리를 내며 원두를 갈아 커피를 내렸다. 할아버지는 김이 오르는 커피 잔을 들고 와서 내 옆에 앉았다.

텔레비전 뉴스에서는 경찰, 범인, 강도, 살해 도구, 검거 같은 말들이 흘러나오고 있었다. 할아버지가 말했다.

"복수 못 한다. 지금은."

"왜요?"

할아버지는 커피를 후루룩 소리가 나도록 마시고는 낮은 소리로 대답했다.

"감옥에 있으니까."

"거긴 왜 갔어요?"

"돈 문제로. 복잡한 돈 문제."

더는 묻지 말라는 말로 들렸고 묻고 싶지도 않았다. 나는 고개를 주억거리고는 시선을 텔레비전으로 옮겼다. 뉴스에서 무슨 이야기를 하는지는 들리지도 않았다. 아버지가 감옥에 가서 좋았다. 누군가가 짐을 덜어 준 기분이었다. 아버지가 엄마를 죽인 벌을 받는 거라고 생각했다.

다음 날 나는 혼자 미용실에 가서 어깨까지 내려온 머리칼을 깔끔하게 잘라 달라고 했다.

나는 사랑의 집을 나와 고속버스터미널 광장을 걸었다. 걷다가 멈춰 서서 아버지를 닮은 남자가 사라진 쪽을 쳐다보았다.

아버지의 만기 출소일은 10월 중 어느 때였다. 하지만 가석방이라는 것도 있었다. 반성 같은 걸 하고 교도소 생활을 충실히 하면 형기를 다 채우지 않아도 나올 수 있었다. 어쩌면 아버지는 이미 세상에 나와 있을지도 몰랐다. 어쩌면 할아버지 할머니는 출소한 아버지와 나 몰래 연락을 주고받고 있는지도 몰랐다. 생각이 그리로 치닫자 목덜미에 소름이 돋았다.

정신 차리자. 김두현.

나는 특별하지 않다. 우연과 우연이 겹치고 또 겹쳐 내게 닥치는 일 따위는 어지간해서 일어나지 않을 것이었다. 기분을 바꿔야 했다. 과거로 치닫는 생각을 놔두면 결국 나는 매일 약 챙겨 먹던 예전으로 돌아가야 할지도 몰랐다.

"야, 너 무슨 일 있냐?"

뒤에서 들린 소리에 정신을 차렸다. 돌아보니 재경이 자전거를 끌며 나를 따라오고 있었다.

"없어. 아무 일도."

"얼굴은 아닌데? 귀신이라도 봤어?"

농담으로 던진 말이었겠지만 웃기지 않았다. 침통한 기색을 재경에게 내비치고 싶지 않았으나 감출 수가 없었다. 이 기분에서 빨리 빠져나와야 했다.

나는 재경을 돌아보며 말했다.

"야."

"왜."

"치킨 먹으러 갈래?"

"치킨? 웬 치킨?"

"편의점 치킨. 싫으면 말고."

내가 걸음을 옮기자 뒤에서 재경이 바짝 다가왔다.

"준수네 편의점?"

나는 되는대로 말을 뱉었다.

"너 나 좋아하냐?"

"미쳤냐?"

"너 준수 좋아하냐?"

대답은 산뜻했다.

"응."

괜스레 허탈했다.

"나한테 고맙다고 한 번은 말하지. 저번에 강태한테 맞을 각오
로 끼어든 건데."

"고마웠어. 정말."

마음 담긴 목소리였다. 속이 좀 풀리는 기분이었다. 나는 재경

을 쳐다보며 입을 열었다.

"저번에 너 멋있었어. 빨간 확성기."

"실패였어. 사과를 받아 내는 쪽으로는 한 발짝도 못 갔고."

갑자기 웃음이 터졌다. 장귀녀 사장과 재경의 대결이 코미디 같다는 생각이 들었다. 어쩔 줄 몰라 하던 선생님들과 두 동강 난 트로피, 교장 선생님의 화난 얼굴과 띄엄띄엄 울리던 아이들의 박수 소리. 돌이켜 보니 그런 것들이 너무 웃겼다.

나는 킥킥거리며 말했다.

"아, 진짜 웃겨. 정말 웃겨. 웃겨서 미칠 것 같아."

나는 인도에 쪼그려 앉았다. 너무 웃어서 배가 아팠고 목도 아팠고 얼굴도 뻐근했다.

모든 게 웃겼다.

엄마가 나만 두고 세상을 떠난 것도, 아버지라는 작자가 돈 문제로 감옥에 간 것도, 식당의 수조에서 능청스레 입을 뻐끔거리는 복어의 얼굴도, 무료 급식소에서 아버지와 비슷한 남자를 본 것도 다 웃겼다.

나는 딸꾹질하는 것처럼 웃다가 토하듯이 기침을 했다.

재경은 나를 빤히 내려다보았다.

"너 진짜 무슨 일이 있었구나."

나는 킥킥거리며 손을 내저었다. 그런 거 아니라고, 너무 웃겨서 그런다고. 재경은 가방에서 무언가를 찾아 내게 건넸다. 재경의 손에 들린 건 휴지였다.

"닦아. 눈물."

얼굴에 손을 대어 보니 눈가와 뺨이 축축했다. 턱 끝에는 눈물이 맺혀 있었다.

웃음이 서서히 잦아들었다. 나는 겸연쩍게 일어나 재경이 건네준 휴지로 뺨과 눈가를 닦았다. 괜스레 민망했다. 재경이 나를 내버려두고 혼자 가 버리지 않아서 고마웠다. 문득 옥상으로 올라가는 계단참에서 울고 있던 재경의 모습이 떠올랐다.

내가 말했다.

"너 복국 먹을 줄 알아?"

복국? 복국? 하고 말끝을 올리며 재경이 말했다.

"안 먹어 봤어. 복어에 독 있지 않아?"

"준수는 좋아해. 복국."

"그럼 나도 좋아해. 복국."

재경이 복국 복국 복국 하다가 뻐꾹 뻐꾹 뻐꾹 하고 말장난을 쳤다. 나는 실없이 웃고 말았다.

8

오늘 사랑의 집 점심 메뉴는 제육덮밥이었다. 포장 용기가 하나로 줄었지만 일은 더 많았다. 토요일이라서 사람들이 많이 온다고 했다. 목사님은 나와 재경에게 물안경을 건네면서 말했다.

"파와 양파를 썰어 봐요. 큼직하게. 먹음직스럽게."

썰어야 할 파와 양파가 무지막지하게 많았다. 칼질을 해도 해도 끝이 없었다. 물안경을 썼는데도 눈물 콧물이 났다. 할머니 일을 돕는다며 부엌칼 좀 잡아 봤던 나였지만 20분쯤 파를 썰고 나니 머리와 손과 팔이 아팠다.

한참을 애쓰고 있는데 문이 열리고 "아무도 안 계세요?" 하는 목소리가 울렸다. 준수였다. 목사님은 "아까 말한 그 친구?" 하고 물으며 일어섰고 우리는 눈물을 머금고 고개를 끄덕였다. 준수를 맞이한 목사님은 "인상이 선하군요!" 하며 허허허 웃었다. 어색하게 따라 웃던 준수는 잠시 뒤 우리 옆에서 눈물을 흘리며 파를 썰고 있었다.

어제 재경과 나는 편의점에서 준수를 만났다. 나는 둘에게 아버지를 닮은 남자를 보았다고 털어놓았다. 내 사정을 들은 재경은 어쨌거나 확인은 해 보는 게 좋겠다고 했다.

"확인? 굳이?"

내가 망설이자 재경이 대답했다.

"찜찜한 걸 그냥 두면 괜한 상상만 하게 되잖아."

재경은 준수를 돌아보며 내일은 사랑의 집에 같이 가자고 했다. 친구가 어려움을 겪고 있는데 혼자 두는 건 못 할 짓이라며 준수는 올라가는 입가를 애써 누르고 고개를 끄덕였다. 둘 다 속이 빤히 보였지만, 준수와 같이 있는 게 나도 좋았다.

어제처럼 고속버스터미널에 천막이 세워졌고 사람들이 줄을 서기 시작했다. 우리는 초록색 앞치마를 두르고 제육덮밥과 간식 봉지를 나눠 주었다.

어제의 그 아저씨는 보이지 않았다. 재경과 준수는 수시로 내 얼굴을 살피며 이 아저씨? 저 아저씨? 하는 눈짓을 보냈으나 나는 그때마다 짧게 고개를 흔들었다. 허탈한 기분마저 들었다. 혹시 모른다는 생각에 나름 각오를 했는데 결과가 너무 싱거웠다. 마지막 도시락을 나눠 주고 천막을 걷을 때까지 기다렸으나 아버지를 닮은 아저씨는 나타나지 않았다.

나는 아이스크림을 사서 고속버스터미널 앞 광장으로 갔다.
광장 가장자리 벤치에 나란히 앉은 준수와 재경이 보였다. 벤치
옆에는 우리 셋이 타고 온 자전거가 세워져 있었다. 둘에게 아이
스크림을 하나씩 건넸다. 재경이 아이스크림을 먹으며 말했다.

"김샜네."

준수가 물었다.

"안 오신 거 확실해?"

나는 아이스크림 포장을 벗기며 고개를 끄덕였다. 재경이 손에
든 아이스크림을 까닥거렸다.

"착각이었을 거야. 그분이 정말 너의 아버지였다면 널 알아보
지 못할 리 없잖아."

준수가 말했다.

"마지막으로 본 게 초등학교 2학년 때래. 얘가 그동안 좀 컸겠
어? 못 알아볼 수도 있지."

나는 점퍼 주머니에 손을 넣고 광장 주변을 둘러보았다. 이
런 곳에서 아버지를 우연히 마주친다는 것 자체가 말이 안 됐
다. 말이 안 되는 일을 확인해 봐야 공허할 것 같았다. 10월이어
서 그랬을 것이다. 작년에도, 재작년에도 10월에는 견디기 어려
운 날들이 많았다. 아이스크림 때문인지 바람이 불자 몸에 한기
가 돌았다.

재경의 봉사활동은 오늘로 끝이었다. 나도 월요일 하루만 더 하면 되었다. 준수에게 물었다.

"어제 학교에서는 별일 없었어?"

준수는 아이스크림을 우물거리며 한숨을 내쉬었다.

"강태가 난리도 아냐. 담임한테 끝까지 대들어서 무슨 일 나는 줄 알았어. 싸움 날 뻔했다니까?"

정명진 선생님이 강태와 다퉜다는 건 예삿일이 아니었다.

재경이 무슨 일 있었느냐고 물었고 준수는 강태가 제대로 사고를 쳤다고 했다. 자현고 여자애를 사귀게 된 강태가 쉬는 시간마다 자현고 건물로 건너간 게 화근이었다고 했다.

여자친구를 만나러 가는 일쯤으로 난리가 났다는 게 이상했다.

"좋아해서 찾아간 게 문제야?"

"신체 접촉이 지나치니까. 강태가 자현고 선생님들이랑 싸웠다는데 심했나 보더라. 자현고 현관 유리문도 깼어. 담임도 이젠 한계인가 봐. 복도에서 강태를 혼내는데 내가 듣기에도 위태위태하더라. 담임이 강태한테 감정 실어서 화내는 건 처음 봤어."

듣고 보니 심각한 일이었다. 강태에게는 더더욱 그러했다. 내가 아는 강태의 벌점 상황은 위험했다. 강태는 그동안 저지른 문제 행동으로 생활교육위원회 처분을 네 번이나 받았고 이제 남은 건 퇴학밖에 없었다. 강태는 평소에도 자퇴보다는 퇴학이 멋있다고 떠벌리곤 했지만 내가 보기에 그건 허세였다.

준수가 말했다. 내 짐작을 확인해 주듯이.

"퇴학 조치 나올 거 같대."

우리는 잠시 아무 말 없이 아이스크림만 먹었다. 강태의 퇴학을 생각하자 마음이 복잡했다. 강태가 사라지면 우리의 학교생활은 나아질 것이다. 개운치 않은 편안함이어도 좋은 건 좋은 것일 터였다. 그건 찜찜하고 슬픈 일이었다.

"우리는 우리의 일을 하자!"

재경이 벤치에서 일어서며 털어 내듯이 말했다.

"준수야, 그건 준비해 왔어?"

준수가 아이스크림을 입에 물고 가방을 열었다. 가방에는 A4용지가 한 뭉치 들어 있었다. 재경이 눈을 동그랗게 떴다.

"컬러로 인쇄했네? 이게 대체 몇 장이야?"

준수가 답했다.

"백 장. 학교 가서 잽싸게 인쇄했어."

나는 준수가 인쇄해 온 전단을 살펴보았다. 장귀녀 사장 집 앞에 붙일 전단이었다.

어제 편의점에서 재경은 오빠의 사정을 하소연했다. 오빠가 길을 잃었다고 했다. 3년간 공들인 시간이 송두리째 날아가 버린 거라고, 오빠가 제자리로 돌아와야 자기도 앞으로 나아갈 수 있을 것 같다고, 재경은 분한 목소리로 말했다.

"봉사활동 끝나고 장귀녀 사장 집 앞에 가서 시위를 할 거야."

먼저 도와주겠다고 한 건 준수였다. "두현이 너도 같이 갈 거지?" 하는 재경의 물음에 얼결에 "당연하지." 대답하고 말았다. 내키지는 않았다. 재경을 돕고 싶었지만 장귀녀 사장의 집 앞에서 시위를 한다는 건 거북스러웠다. 그렇다고 가겠다고 한 말을 무를 수는 없었다.

전단에는 물을 뒤집어쓴 장귀녀 사장과 공룡 잠옷을 입은 재경의 모습이 인쇄되어 있었다. 두 사람의 눈에 검고 굵은 줄을 그어 놓은 모습이 떨떠름했다. 전단 오른쪽에는 붉은 글씨로 '사과하세요. 이재석 선배에게 사과하세요.'라는 문구가 인쇄되어 있었고 사진 아래에는 다음과 같은 글이 있었다.

작년 11월 11일, 현장 실습생 이재석 군은 귀금 코리아(사장 장귀녀)에서 사고를 당했습니다. 이재석 군은 가슴뼈와 갈비뼈가 부러지는 중상을 입었습니다. 장귀녀 사장은 보상이 다 이루어졌으니 자신은 더 이상 책임이 없다고 합니다. 야간작업을 자신이 지시한 적도 없다고 합니다. 하지만 이재석 군은 말합니다. 나흘 동안 새벽 한 시까지 야간작업을 하게 된 건 어쩔 수 없어서였다고요.

장귀녀 사장은 이재석 군에게 사과하십시오. 규정을 지키겠다고 다짐하십시오. 현장 실습생에게 다시는 이런 일이 생기지 않도록 조치하십시오.

엄마와의 관계 때문일까. 사진 속 장귀녀 사장의 모습이 민망했다. 엄마의 빈소에서 흐느껴 울던 장귀녀 사장의 모습은 잊히지 않는 기억이었다. 딱히 왕래는 없었지만 학교에서 장귀녀 사장을 보면 반가웠다. 장귀녀 사장이 내게 먼저 알은체를 하기도 했다.

사과 요구는 정당했다. 사진은 불편했다. 사진을 실은 재경의 의도가 조롱과 모욕으로 읽힐 것 같았다. 더군다나 장귀녀 사장은 학교에 재경을 선처해 달라고 당부하며 아량을 베풀었잖은가.

나는 재경에게 물었다.

"글은 괜찮은데 사진은 좀 센 거 아냐? 이 사진은 누가 찍었어?"

준수가 나섰다.

"내가 찍었어. 너 상 받는 거 찍어 주려고 앞에 나와 있었거든."

재경이 손가락을 튕겨 전단을 탁탁 쳤다.

"진짜 느낌 있어. 잘했어! 준수!"

재경의 말에 준수는 눈가에 주름을 잡았다. 재경은 자전거에 오르며 "공장에는 이미 붙여 봤으니까 이제는 집이다!" 기세를 올렸고 준수도 "가자! 가자!" 분위기를 돋웠다. 어쩌다 말려든 거였지만 나도 자전거 페달에 몸무게를 실었다. 우리는 자전거를 타고 장귀녀 사장의 집으로 향했다.

장귀녀 사장의 집은 자전거를 타고 가기 부담스러울 정도로 멀었다. 재경은 끄떡없다는 투로 맨 앞에서 바람을 갈랐다. 그 뒤를 준수가 따랐다. 나는 세 번째였다. 우리는 고속버스터미널에서 강변 자전거도로로 이어지는 길에 올라섰다. 그 길을 따라 40분을 넘게 달리자 도시의 이름이 달라졌다.

나는 자전거를 타며 가을 풍경을 만끽했다. 햇빛을 반사한 강물이 반짝거렸다. 한가로운 표정으로 천천히 자전거를 타는 사람들, 농구장에서 무궁화꽃이 피었습니다 놀이 하는 아이들, 비눗방울을 불며 까르륵거리는 아이들이 보였다. 토요일 오후다웠다. 가을바람과 가을 나무, 가을 산, 가을의 산책로를 느끼며 페달을 밟은 발에 힘을 주었다. 아름답고 벅찬 광경이었으나 자꾸 엄마가 떠올랐다. 엄마는 이런 풍경 속에서 삶을 그만둘 결심을 했다.

내 생각은 안 했을까. 내가 걱정되긴 했을까.

우리는 강변 자전거도로에서 빠져나와 빌라 단지로 들어섰다. 오르막길이 계속돼서 자전거로 오르는 게 힘들었다. 재경이 먼저 자전거에서 내렸고 준수가 따라 내렸다. 재경은 주머니에서 핸드폰을 꺼내 들여다보고는 주변을 둘러보았다. 나는 자전거를 끌고 재경에게 다가갔다.

"장귀녀 사장 집이 이쪽인 건 맞아?"

사장이 사는 데면 으리으리한 동네일 거라고 생각했는데 주변 풍경은 평범했다. 적색 벽돌로 바깥벽을 두른 빌라들이 많은 동네였다. 슈퍼마켓과 철물점, 약국, 숯불 닭갈빗집, 공인중개사 사무소와 자달막한 무인커피숍이 있는 곳이었다. 준수가 물었다.

"사장 집 주소는 어떻게 알았어?"

"택배."

"택배?"

"우리 오빠가 현장 실습 나갔을 때 장귀녀 사장이 집에 사과를 한 상자 보냈거든. 귀한 아드님 맡겨 주셔서 감사하다고. 우리도 감사하다고 감 한 상자 배송시켰어. 쇼핑몰 주문 내역에 기록이 남아 있더라."

의외의 이야기였다. 내 생각을 눈치챘는지 재경이 말을 이어 갔다.

"그때는 좋았지. 나도 좋은 회사라고 생각했어. 근데 오빠가 힘들어하는 거야. 살도 빠지고. 일찍 공장 가는 뒷모습이 위태롭다 싶더니…… 결국 사고가 났어."

재경은 "아, 저기다." 하고 말하며 방향을 잡았다. 우리는 도로 양편에 승용차와 용달차가 줄을 지어 서 있는 길로 접어들었고 5층짜리 허름한 빌라 앞에 자전거를 세웠다. 빌라 앞에 그어 놓은 거주자 우선 주차 구역의 흰 선은 페인트가 날아가 알아보기도 어려웠다. 현관 유리문에는 스티커 여러 장이 삐뚜름하게 붙어 있었고 계단은 좁고 가팔랐다. 노동자의 피를 빨아 부를 쌓은 악덕 고용주와는 어울리지 않는 곳이었다.

준수가 주위를 두리번거렸다.

"여기 맞아?"

재경도 헷갈려 하는 눈치였다. 내가 물었다.

"몇 호라고?"

"401호."

나는 빌라 현관 안으로 들어가 401호 우편함에서 장귀녀라는 이름이 적힌 전기 요금 고지서를 찾았다. 그러고는 재경과 준수에게 고지서를 들어 보였다.

"여기 맞네."

재경이 "오, 두현이. 영화 좀 봤나 보네." 하고 감탄했다. 준수가 물었다.

"어디에 붙이지?"

재경은 두 손으로 현관 옆 외벽을 가리켰다.

"여기에 꽉 채우자. 유리문도 채우고."

막상 일을 저지르려니 마음이 오그라들었다. 징계를 받는 기간에 사고를 치면 나중에 더 곤란한 일이 생기지 않으려나 싶었다.

"하자."

준수가 가방을 내려놓고 전단과 포장용 청테이프를 꺼냈다. 재경도 비장한 표정으로 고개를 끄덕였다. 이제는 어쩔 수가 없었다.

우리는 외벽부터 전단을 붙이기 시작했다. 벽에 테이프가 잘 붙지 않아서 덕지덕지 바르듯이 붙였는데 그나마도 떨어지기 일쑤였다. 할 수 없이 현관 유리문부터 점령하기로 했다. 빌라 안으로 들어가던 사람들이 우리를 이상한 눈초리로 쳐다봐서 '제발 말은 걸지 마세요.' 하고 속으로 중얼거렸다.

유리문에 전단을 열다섯 장쯤 붙였을 때였다.

"너희들 뭐니?"

우리는 동시에 뒤를 돌아다보았다. 점퍼에 헐렁한 주름치마 차림의 장귀녀 사장이 우리를 쳐다보고 있었다. 장귀녀 사장이 든 장바구니 위로 대파 한 단이 뾰족하게 솟아 있었다. 가슴이 두근거리면서 시선이 바닥으로 떨어졌다.

우리를 알아본 장귀녀 사장은 뚜벅뚜벅 걸어와 유리문에 붙여 놓은 전단을 보고는 한숨을 내쉬었다. 장귀녀 사장은 나에게 잠깐 시선을 두었다가 재경을 향해 돌아섰다.

"너지? 저번에 공룡 잠옷 물풍선. 우리 집은 어떻게 안 거야?"

재경이 한 걸음 앞으로 나섰다.

"사과하세요."

장귀녀 사장은 "그깟 사과가 대체 뭐라고." 하고 중얼거리고는 던지듯 말했다.

"미안하다, 미안해. 됐니?"

재경이 인상을 썼다.

"그건 진짜 사과가 아니에요. 그리고 사과는 우리 오빠한테 해요. 그걸 왜 나한테 해요?"

"너한테는 미안하지만 너희 오빠한테는 미안하지 않은데?"

"네?"

"너희 오빠한테 잘못한 게 없는데 내가 왜 미안해야 하지?"

"왜 잘못한 게 없어요?"

장귀녀 사장은 후, 하고 한숨을 내쉬고는 우리를 둘러보았다.

"들어가서 얘기하자. 좀 춥지 않니?"

장귀녀 사장은 어깨를 움츠리고 빌라 현관문을 밀어젖혔다. 우리가 서로를 쳐다만 보고 있자 장귀녀 사장이 재촉했다.

"뭐 해? 안 들어와?"

9

장귀녀 사장의 집은 단출했다. 방 세 개에 거실이 있는 공간이었는데 다른 사람은 없었다. 이 방 저 방 기웃거리지 않아도 혼자 사는 집이라는 걸 알 수 있었다. 칙칙한 건물의 외양과 달리 집 안은 산뜻했다. 거실 창가에는 꽃을 피운 잎 넓은 식물들이 나란했고 4인 식탁만큼 큰 텔레비전이 한쪽 벽에 붙어 있었다.

책장에 가지런히 꽂힌 책들은 제법 오래되어 보였다. 제3의 물결, 마케팅 불변의 법칙, 창조하는 경영자, 같은 책 제목이 눈에 들어왔다. 책장 옆 벽에는 장귀녀 사장 부부와 딸의 사진 액자가 여럿이었다. 아빠와 딸이 호주의 오페라하우스를 배경으로 찍은 사진은 다른 사진들을 전부 합친 것보다 컸다.

나는 장귀녀 사장의 딸을 유심히 쳐다보았다. 어렸을 때 얼굴이 어렴풋이 떠올랐는데 이름은 기억나지 않았다. 장귀녀 사장은 우리 셋을 거실에 앉힌 뒤 주방으로 들어갔다.

장귀녀 사장이 물었다.

"뭐 마실래? 코코아?"

나는 재경을 쳐다보았다. 재경은 내키지 않는 얼굴이었다. 준수가 예의 바른 목소리로 "네. 코코아 좋습니다." 하고 답했다. 나는 천장을 올려다보며 한숨을 내쉬었다. 쳐들어왔다가 손님 대접을 받는 모양새였다. 장귀녀 사장이 나를 불렀다.

"애, 거기 너."

"저요?"

"이리 와서 코코아 좀 타라."

날 처음 보는 사람처럼 대하는 건 우리가 아는 사이라는 걸 감춰 주려는 의도 같았다.

나는 일어서서 주방으로 갔다. 장귀녀 사장은 코코아 분말 봉지 네 개를 식탁에 던져 주며 "다 부어. 한 컵에 하나씩. 탁탁." 하고 말했다. 머그잔에 코코아를 다 털어 넣자 장귀녀 사장이 다가와 김이 피어오르는 주전자를 기울였다. 코코아가 얇은 흰 거품을 올리며 따끈한 우유에 녹아들었다. 나는 숟가락으로 코코아를 천천히 저어 녹였다. 장귀녀 사장이 "애, 잠깐만." 하더니 콩알만 한 마시멜로를 가져와 컵마다 네 개씩 넣었다. 진한 코코아에 떠오른 새하얀 마시멜로는 구름처럼 부드러워 보였다. 완벽한 코코아였다.

장귀녀 사장은 쟁반에 코코아 컵을 받쳐 들고 거실로 향했다. 준수와 재경이 엉거주춤 일어서자 "됐어. 됐어. 앉아." 하고 말렸다. 장귀녀 사장은 머그잔을 탁자에 올려놓고는 핸드폰을 꺼내어 사진까지 찍었다. 빨강, 노랑, 파랑, 초록색 코코아 컵은 귀여웠다. 장귀녀 사장이 바닥에 앉으며 말했다.

"마셔. 뜨거우니까 불어 가면서 먹고."

나와 준수는 코코아 컵을 들었다. 재경은 여전히 굳은 얼굴로 눈을 내리깔고 있었다.

추워서 그랬을까. 아니면 코코아 가루가 뭔가 달랐던 걸까. 코코아는 너무 맛있었다. 지나치게 달지 않고 묵직하고 향긋했다. 불안하고 딱딱했던 마음이 마시멜로처럼 말랑말랑해지다가 녹아 버리는 것 같았다.

장귀녀 사장이 "아이고, 달다." 하며 천연덕스러운 표정으로 창밖을 쳐다보았다.

재경이 입을 열었다.

"저한테는 뭐가 미안하신 건데요?"

"널 무시해서."

"무시요?"

장귀녀 사장이 코코아 컵을 내려놓았다.

"그냥 지나가게 될 일이라고 생각해서 딱히 대응을 안 했어. 작년에 너 1인 시위 어쩌고 한 것도 세상 경험한 거려니 했다. 밤에 공장에 와서 전단 붙인 건 좀 대단했어. 근데 내가 널 무시한 데에는 네 잘못도 있어. 너희 오빠 다쳤을 때 나한테 전화해서 너 뭐라고 했는지 기억나니? 정말 쌍욕만 안 했지 처음부터 끝까지 길길이 날뛰고, 세상에. 나 그때 진짜 기분 나빴다. 내가 무슨 악마야? 괴물이야?"

"사과를 안 하시니까요. 미안하다는 말이 그렇게 어려워요?"

"어렵지."

장귀녀 사장은 코코아를 한 모금 마시고는 말을 이었다.

"사과는 진심이어야 해. 마음에서 우러나와야 진짜 사과야. 안 그래?"

"잘못한 게 없으니 미안하지도 않다는 거죠?"

"잘못한 거 없어."

"왜 없어요? 규정에 맞지 않는 노동을 시킨 거잖아요. 오빠가 알아서 야근을 했다는 거예요? 내가 시키지도 않은 일을 하다가 사고가 났으니 책임이 없다, 이런 얘기예요?"

"사실관계는 분명히 하자. 너희 오빠는 밤이 아니라 낮에 사고를 당했어. 전날 밤잠 안 자고 일해서 낮에 사고가 났다고 말해야지. 전단 보면 야간작업 때 사고가 난 것 같잖아.

그리고, 공장이 규정대로 돌아가는 줄 아니? 그것도 우리처럼 중소기업도 안 되는 공장이 규정 딱딱 지켜 가면서 일할 것 같아? 현실은 안 그래.

우리 공장, 정직원이 열 명이야. 잠깐 와서 일하는 사람도 그만큼 되고. 그 사람들에게 매달 월급 대는 게 쉬울 것 같아? 우리도 자리 잡기 전에는 월급날 직원들한테 줄 돈이 모자라서 제일 어린 직원부터 월급 받아 가고 그랬어. 일감이 1년 열두 달 12분의 1로 쪼개서 들어올 것 같니? 몰릴 때는 몰리는 게 일이고 그건 어쩔 수가 없어."

"그래도 규정은 지켜야죠."

"내가 악덕 사장이면 그런 비난을 받아 마땅해. 하지만 어쩌면 좋으니. 나는 그런 부류가 아니라고 생각하는데. 넌 대체 나를 얼마나 안다고 내가 나쁜 사장이라고 단정하는 거지?"

장귀녀 사장은 재경과의 말싸움에서 조금도 물러설 기색이 없었다. 오히려 재경을 대등한 상대로 두고 또박또박 자기 입장을 설명했다.

"그즈음에는 거의 전 직원이 야근이었어. 잔업은 선택이 아니라 필수일 수밖에 없는 상황이었다고. 나는 네 오빠한테 집에 가도 된다고 했다. 그런데 자기도 남아서 일하겠다고 한 거야. 그래서 그러라고 했어. 야근 수당도 챙겨 줬고.

그게 내 잘못이니? 내가 왜 사과를 해야 하지? 현장 실습이라는 게 현장 돌아가는 거 배우는 거 아냐? 공장은 학교가 아니야.

공장 일은 몸 쓰는 일이야. 자기 몸 관리 자기가 해야 해. 나도 다쳐 봤어. 다른 직원들도 마찬가지고. 그런데 내가 너희 오빠한테만 따로 사과를 해야 한다? 왜?"

준수가 끼어들었다.

"도의적인 책임이라는 것도 있으니까요."

"있지."

"그럼 사과할 수 있는 거 아닌가요?"

"싫다."

"왜요?"

"내가 싫어. 나는 철저하려고 노력하는 사람이야. 다른 직원들에게도 사과해 본 적 없어. 사과할 일을 만들지 않는 게 내 삶의 철칙이야. 내가 잘못했다고 생각하지도 않는데 상대 비위 맞추기 위해서 사과하라는 거야? 내가 왜 그런 자기 부정과 굴욕을 감수해야 하지?

일 많이 하면 돈 많이 줘. 성과가 좋으면 보너스 줘. 다치면 치료해 줘. 안전 수칙도 지키려고 애쓰는 편이고. 나는 우리 공장 직원 관리에도 꽤 공을 들이는 편이라고 자부해."

준수의 얼굴에서 안타까운 빛이 읽혔다. 재경은 대답하지 않았다. 어쩌면 대거리할 말이 바로 떠오르지 않아서일지도 몰랐다. 장귀녀 사장의 말은 규격을 정확히 맞춘 금형 같았다. 돈과 원칙을 들먹이며 밀어붙이는 논리는 쇳빛이었다.

장귀녀 사장은 코코아를 호로록거리며 마시고는 다시 입을 열었다.

"그리고 너희 오빠 말이야. 공장 일 안 맞더라."

재경이 장귀녀 사장을 쏘아보았다. 장귀녀 사장은 충고하는 투로 말을 이어 갔다.

"너희 오빠는 허세가 있어. 그건 장점이기도 하고 단점이기도 해. 뽐내고 싶은 기질이 상당한데 우리 일에는 좀 넘쳐. 체력도 별로고 근성도 모자라. 아무래도 너희 오빠는 대학을 가는 게 좋겠어. 너라도 가서 얘기 잘해 보렴."

나는 재경과 장귀녀 사장과 준수를 돌아보았다. 재경은 하얗게 질리도록 두 손을 꼭 쥐고 있었고 준수는 어쩔 줄 몰라 했다. 장귀녀 사장은 여유롭게 코코아를 홀짝거렸다.

"저희 오빠는 이 일 하려고 3년을 썼어요. 좋아하는 일이었는데, 이젠 밀링머신 앞에 서지도 못해요."

"그래서?"

"3년이라니까요. 말씀 너무 함부로 하시는 거 아네요?"

"너희 오빠가 3년 동안 뻘짓한 거냐고? 그래, 맞아. 나는 네 오빠가 뻘짓했다고 생각해. 하지만 그게 어때서. 3년이 길어?

10년을 쏟아붓고도 실패하는 사람이 넘쳐 나는 게 세상이야. 그래서 너희 오빠보고 대학 가라는 거야. 좀 더 안전한 선택을 하는 게 좋을 테니까. 지금이라도 알았으니 됐잖아. 하지만 너는 말이야. 이름이 재경이라고 했던가?"

장귀녀 사장은 재경을 향해 코코아 잔을 들어 올렸다.

"넌 대학 가지 마라."

"네?"

"너 같은 애들한테는 대학 필요 없어. 너는 욕심이 많지. 아마 대학 가고 싶은 욕심도 살뜰히 채워 넣어야 만족할 거야. 내가 대학 필요 없다고 해도 넌 가고 말걸? 그래, 좋을 대로 해. 하지만 인생은 결국 한 번이야. 진짜 고수는 자격증도 학위도 필요 없어. 그런 사람은 자기 자신이면 족해. 나는 우리 공장에서 가장 뛰어난 금형 기술자야. 대학도 나오지 않았고 기능올림픽 같은 데 나가지도 않았어. 하지만 나는 안다. 내 실력이 최고 수준이라는 걸."

재경은 장귀녀 사장을 노려볼 뿐이었다. 장귀녀 사장은 손으로 목덜미를 문지르며 눈을 감았다가 떴다.

"그런데 너는 나한테 사과 안 하니?"

"사과요? 제가요?"

"시상식 때 말이야. 네가 생각해도 그건 좀 아니지 않던?"

장귀녀 사장이 나른한 목소리로 말했다.

"애 아빠랑 우리 애 유학 보내 놓고 마음 허할 때마다 찾아갔던 데가 우리 학교야. 내 모교 자현기계공고 말이야. 가서 내 딸 또래 후배들 보고 정신 차리라고 모진 소리 하는 게 나름 재밌었는데 이제는 창피해서 거기도 다 갔어. 누구 덕분일까?"

재경은 고개를 모로 돌렸다. 장귀녀 사장이 재경을 선처해 달라고 부탁했던 일이 다시 떠올랐고 내 얼굴이 화끈거렸다. 장귀녀 사장은 코코아를 비워 내며 일방적인 역습을 매듭지었다.

"사과는 됐다. 이걸로 퉁쳐. 다 마셨으면 얼른 가. 요즘 회사 사정 안 좋아서 우울했는데 집에 손님도 초대하고 말도 많이 하고 재밌었어. 가면서 전단은 떼고 가라."

재경이 벌떡 일어섰다. 그야말로 벌떡. 재경은 책장 옆 가족사진 액자로 걸어가더니 장귀녀 사장의 딸을 향해 턱짓을 했다.

"얘는 몇 살이에요?"

"너랑 동갑이야."

"이름이 뭐죠?"

"뭐?"

재경은 다른 액자의 어딘가를 살펴보더니 "이름이 제니퍼?" 하고 말하며 입꼬리를 비틀어 올렸다.

"열아홉 살이 된 제니퍼가 공장에 현장 실습을 하러 갔어요.

누가 억지로 시키지는 않았지만 공장에 있는 열 명의 직원 중 아무도 퇴근하지 못했어요. 며칠 전 사장이 직원들에게 얘기했거든요. 일이 너무 많다. 회사가 어렵다. 보너스 챙겨 줄 테니 야근을 좀 하면 좋겠다. 제니퍼는 집에 갈 수 없었어요. 까다롭고 이기적인 애라는 소문이라도 나면 앞으로 취업을 못 할 테니까요.

며칠의 야근이 이어진 뒤 제니퍼는 CNC 선반 앞에서 졸고 말았어요. 2m짜리 쇠봉이 엉뚱하게 휘어지면서 제니퍼의 가슴을 후려쳤어요. 제니퍼는 비명도 지르지 못하고 쓰러졌고 그 자리에서 의식을 잃었어요.

제니퍼는 열 시간이 지나서야 깨어날 수 있었어요. 병원이었죠. 엄마는 울고 있었고 아빠는 떨리는 목소리로 괜찮냐고 물었어요. 제니퍼는 그제야 자신이 어떻게 된 건지 알았어요. 죽었을 수도 있었다는 걸요. 제니퍼는 너무 아파서 며칠 동안 잠도 자지 못했어요. 숨을 쉴 때마다 아파서 울고 또 울었죠."

재경은 잠시 말을 멈추고 숨을 골랐다.

"그런데 제니퍼가 다니는 공장의 사장이 병실에 찾아와 보지도 않아요. 바빠서 말이죠. 왜 그런 실수를 했냐면서 보상은 제대로 해 줄 테니 앞으로는 조심하래요. 세상은 차갑고 위험한 곳이래요. 이번 일로 깊은 깨달음을 얻었기를 바란다는 거예요. 미안하다는 말은 왜 안 하냐고 했더니 자기 잘못이 없는데 왜 사과를 하냐고 하네요? 치료비 다 줬는데 뭐가 더 필요하냐면서요."

재경은 장귀녀 사장을 똑바로 쳐다봤다.

"제니퍼 어머님, 어쩌면 좋죠?"

짓누르는 듯한 정적에 햇빛마저 회색으로 물드는 것 같았다. 장귀녀 사장의 눈 밑이 실룩거렸다. 재경이 쏘아 보낸 말이 장귀녀 사장의 마음 어딘가에 꽂혔을 것이고 상처를 냈을 터였다. 험악한 말이라도 질러 댈 것 같았으나 장귀녀 사장은 컴컴한 얼굴로 재경을 쏘아볼 뿐이었다.

잠시 뒤 장귀녀 사장은 짓씹듯이 입을 열었다.

"어쩌긴 어쩌겠어. 자기 잘못이야. 조심했어야지."

재경은 더 이어지려는 장귀녀 사장의 말을 잘랐다.

"당신 같은 사람들이 노동자를 죽을 곳으로 몰아넣는 거야."

떨리는 재경의 목소리가 집 안 공기를 휘어잡았다.

"당신 같은 사람들이 용광로에 사람을 떨어뜨리는 거야. 당신 같은 사람들이 지하철 스크린도어에, 발전소 컨베이어벨트에 사람이 끼여 죽게 만드는 거야. 당신 같은 사람들이 콜센터 직원을 자살에 내몰리도록 내버려두고, 현장 실습생이 배에 붙은 따개비를 따다가 바다에 빠져 죽게 만드는 거야. 그리고 이 빌어먹을 세상은 그게 당연한 거라고, 그렇게 해도 괜찮은 거라고, 더 많은 시간 동안 일할 자유를 허락해 주니 얼마나 고맙냐고 떠드는 거야. 뻔뻔하고 파렴치하게."

장귀녀 사장이 노기 어린 목소리로 받아쳤다.

"언다 대고 나한테 훈계질이야? 우리들의 노동을 나보다 더 잘 아는 사람은 없어. 자본주의 세상에서는 돈이 최고고 그게 현실이야!"

"이 개 같은 세상이!"

저 밑바닥부터 끌어 올린 재경의 절규가 내 가슴을 쳤다.

"돈이 최고라고 떠드는 이 개 같은 세상이 당신 편이어서 당신은 자기 말이 옳다고 믿는 거야!"

숨통이 조여들 만큼 강한 말이었다.

재경과 장귀녀 사장의 다툼에서 나는 아버지를 떠올리고 말았다. 돈은 돈으로 버는 거라고 말하던 아버지, 돈을 벌기 위해 몽골행을 감행하고 결국 파국을 맞은 아버지의 뒷모습을 생각했다. 아버지와 재석 선배와 엄마. 세 꼭짓점 사이를 휘감는 음험한 기운이 나를 참담하게 했다. 화로로 들어가던 엄마의 관이 떠올랐다. 눈시울이 뜨거워졌고 목이 부푸는 것 같았다.

재경은 고개를 쳐들고 목울대가 움직이도록 침을 삼켰다. 헉헉거리며 숨을 가다듬는 소리가 적막한 거실에 퍼졌다.

재경이 눈물이 번들거리는 얼굴로 말했다.

"나는 사과를 받아야겠어요. 사과해요. 우리 오빠한테."

10

눈을 떴다. 암막 커튼 틈으로 희부연 빛이 내비쳤다. 방문 너머 주방에서 달그락거리는 소리가 들렸다. 잠을 설쳤기 때문인지 정신이 곤두서 있었다.

나는 침대에서 몸을 일으켰다. 습관처럼 달력에 시선이 갔다. 시선은 다시 책상 위 텅 빈 금속 액자에 걸렸다. 나뭇가지와 이파리로 장식된 액자의 네모난 구멍으로 발톱을 세운 바람이 지나가는 것 같았다. 사는 곳이 여러 번 달라졌어도 매번 집 안 어딘가에 놓여 있던 엄마의 물건이었다.

액자 속 사진은 해마다 달라졌다. 아장거리며 걷는 내 사진이 아버지와 놀이동산에서 찍은 사진으로 바뀌었고 한 해가 지난 뒤에는 우리 셋이 바닷가에서 찍은 사진으로 바뀌었다. 몇 번 더 다른 사진들이 액자를 차지했으나 언젠가부터는 텅 비어 있었다. 더 이상 사진을 넣지 않으면서도 엄마는 액자를 항상 잘 보이는 곳에 두었다.

엄마와 함께 살던 집에서 내 짐을 챙겨 나오던 날, 나는 안방 침대 옆 협탁에 있던 액자를 가방에 욱여넣었다. 왜 그랬는지는 모르겠다. 엄마의 무언가를 간직하고 싶다는 마음이었는지도.

나는 방문을 열고 나와 웃는 얼굴로 할아버지 할머니에게 아침 인사를 건넸다.

월요일이었다. 사회봉사 마지막 날이었다. 집을 나와서 버스를 타고 이동하는데 일찍 앉을 자리가 나서 기분이 좀 나아졌다. 세 번째 버스 정류장을 지나는데 차창 밖으로 낯익은 얼굴이 보였다. 초점 없는 눈으로 도로 먼 곳을 쳐다보고 있는 사람은 분명 형석이었다.

수업이 한창일 시각이었고 교복 차림도 아니었다. 문득 형석이 다른 친구의 SNS에 괴상한 짓을 하고 물건을 훔친 일로 생활교육위원회에 가게 됐다는 재경의 말이 떠올랐다.

형석은 나를 보지 못했다. 버스는 정류장을 떠났고 형석은 시야에서 멀어졌다. 나는 창턱에 팔꿈치를 대고 구부린 검지 관절로 입술 언저리를 눌렀다.

쟤는 대체 뭐가 문제일까.

자세한 사정은 알 수 없었지만 형석이 길 위에서 길을 잃었다는 것만은 분명했다. 쟤도 어딘가 구멍이 뚫려서 막기 급급하다

보니 별별 짓을 다 하게 된 건지, 그런 게 아니면 그냥 세상 관심 한번 받아 보고 싶은 건지 알 수 없었다.

나는 차창 밖을 쳐다보았다. 지금은 내 고민이 먼저였다. 재경은 사회봉사 이틀을 다 채워 학교로 돌아갔고 이제는 나만 남았다. 당연한 수순이었으나 쓸쓸한 기분이 드는 건 어쩔 수 없었다.

재경과 재석 선배의 사정 때문에 마음이 더 무거워져 버린 걸지도 몰랐다. 토요일의 대화에서 나는 할머니가 말하던 '돈 귀신'을 떠올렸다. 오래전 우리 집 곳곳에 음습한 기운을 불어넣던 돈 귀신이 장귀녀 사장과 재경 주위를 서성이는 것 같았다.

재경이 비명처럼 내지른 '돈이 최고라고 떠드는 이 개 같은 세상'을 나는 아버지를 통해 경험했다. 아버지가 돈을 좇게 된 건 아이러니하게도 돈 때문이었다. 모자란 돈을 채우기 위해 아버지는 쉬는 시간을 줄였고 무리한 노동으로 망가진 허리는 아버지를 집 안에 주저앉혔다.

장귀녀 사장은 스스로를 세상의 질서 속에서 생존을 위해 싸워 온 사람으로 여기는 것 같았고 재경은 그 질서가 잘못되었다고 말하는 것 같았다. 재경의 입장은 이해가 되었으나 장귀녀 사장 말처럼 세상이 만만할 리 없었다. 아버지와 엄마는 현실이라는 싸움판에서 살아남지 못했다. 내가 그나마 구출될 수 있었던 건 자본주의 세상에서 자신의 성을 구축하는 데 성공한 할아버지 할머니 덕분이었다.

나도 안다. 세상이 지금보다 더 엉망이던 시절도 있었다는 걸. 그래도 현실이 지금보단 한 걸음 더 나아간 모습이었으면 했다. 세상을 더 나아지게 만들 길이 어딘가에 있었으면 했다. 나를 비롯한 많은 사람들이 그 방향으로 함께 나아가길 바랐다.

머리가 아팠다. 핸드폰을 꺼내어 사랑의 집에 도착하기까지 남은 시간을 검색해 보았다. 오늘은 아무 생각 없이 보내는 편이 나을 것이다. 얼른 봉사활동을 마치고 집에 돌아가서 쉬다가 준수네 편의점에 가는 거다. 문득 재경은 어쩌고 있을까 하는 걱정이 올라왔다. 재경도 편의점에 데려가면 좋을 텐데.

사랑의 집 목사님이 문을 열어 주며 말했다.

"두현 군, 잘 왔어요."

나는 웃음으로 받았다. 잘 왔다는 말이 좋았다. 낮고 따듯한 음색으로 내 이름을 불러 준 것도 좋았다.

사흘째일 뿐인데 공간이 익숙했다. 식사 준비를 위해 앞치마를 둘렀다. 점심 메뉴는 돼지국밥. 생각보다 만드는 법이 간단했다. 끓여 놓은 육수에 데친 돼지 편육을 넣고 한 번 더 끓인 뒤 플라스틱 뚝배기에 담아내면 됐다. 거기에 테이블에 올릴 부추와 고추, 새우젓과 다진 마늘만 준비하면 끝이었다.

주방에는 목사님과 나뿐이었다. 우리는 같이 부추를 씻어 적당한 길이로 썰었다. 흰 수염을 기른 목사님은 어림잡아 예순이 훌쩍 넘어 보였다. 무료 급식소를 차려 배고픈 사람들의 끼니를 채우는 일이 목사님의 사명인 것 같았다. 목사님의 모습에 할아버지 할머니가 겹쳐 보였다.

금강복집을 빼고는 할아버지와 할머니의 삶이 설명되지 않았다. 할아버지는 친절하고 품위 있는 얼굴로 손님을 맞이했고 할머니는 근사한 복국을 뚝딱 끓여 냈다. 할아버지 할머니는 복집 일을 좋아했다. 하루 일과를 마치고 나른한 얼굴로 소파에 함께 앉은 두 분에게서는 단단한 멋스러움이 비쳤다.

나는 내 삶을 어떤 일로 설명하게 될까.

썩썩 소리를 내며 부추를 썰던 목사님이 내게 말을 걸었다.

"정명진 선생님은 잘 지내죠?"

느닷없는 질문이었다. 나는 아마도 그럴 거라고 대답했다. 목사님이 흐뭇한 얼굴로 입을 열었다.

"참, 잘됐어요. 선생님을 다 하시고."

정명진 선생님을 잘 아는 듯한 어감이어서 묻지 않을 수가 없었다.

"여기서 봉사활동하셨어요? 정명진 선생님요."

"봉사활동요?"

목사님은 허허허, 웃고는 부추를 썰면서 말했다.

"봉사도 했죠."

다른 것도 했다는 말이었다. 제대로 호기심이 일었다. 목사님
은 흰 수염이 텁수룩한 얼굴로 미소를 지었다.

"대단한 친구예요. 그 친구 덕분에 나도 힘이 났고."

"어떤 면에서요?"

이걸 얘기해도 되려나, 중얼거리던 목사님은 "허락은 나중에
받지 뭐." 하면서 말을 이었다.

"예전에 여기에서 점심 먹던 친구였어요."

"여기에서요?"

"10년 전인가. 대뜸 저 문 열고 들어오더니 밥 달라고 그러더라
고요. 급식 다 끝났다고 그랬더니만 남은 밥도 괜찮다고 하는데,
허 참, 그게 그 나이에 쉽게 나올 소리가 아니잖아요. 고등학생
처럼 보여서 왜 학교 안 갔냐고 물었더니 퇴학 먹었다고 그리고."

"퇴학요? 선생님이요? 왜요?"

"모르죠. 나는 그냥 밥만 줬어요. 아주 잘 먹어서 기분이 좋았
죠. 맞다. 명진이 그 친구가 돼지국밥 진짜 좋아했는데. 여기에
서 한 1년인가 점심을 먹었어요. 나중에 알고 보니까 그게 하루
의 유일한 끼니였더라고요. 그러다가 어느 날 대학을 간다는 거
예요. 군대는 안 가냐고 했더니 고아라서 안 가도 된다고 했고."

선생님의 과거를 듣고 있자니 기분이 묘했다. 목사님이 "아이
쿠, 이거 내가 얘기를 너무 많이 했네." 하더니 핸드폰을 들고 어
딘가에 채팅 메시지를 보냈다. 회신은 바로 왔다. 목사님은 웃으
며 내게 핸드폰을 건네주었다. 핸드폰에는 '정명진 선생님, 제자
한테 선생님 옛날 얘기 좀 해도 되죠?' 묻는 메시지가 떠 있었고
그 아래에 '얼마든지요♥' 하는 메시지가 올라와 있었다.

하트 기호에 나는 푹, 웃고 말았다. 정명진 선생님의 커다란 손
이 핸드폰 자판에서 하트 기호를 누르는 모습이 연상됐기 때문
이었다. 무심결에 핸드폰 창에 손가락을 댔는데 메시지 창이 아
래로 내려오면서 정명진 선생님이 보낸 이미지와 메시지가 눈에
들어왔다.

"어?"

청첩장과 청첩장 링크였다. 그 위에는 정명진 선생님과 신부가
나란히 서서 찍은 웨딩 사진도 있었다.

"정명진 선생님 결혼하세요? 누구랑요?"

목사님은 뿌듯한 미소를 지었다.

"같은 학교 선생님이라던데. 아는 분일 수도 있겠네. 아, 그럼
이건 진짜 비밀이려나?"

나는 목사님이 핸드폰을 거두어 가기 전에 화면을 토독, 눌렀
다. 핸드폰 화면 가득 웨딩 사진이 떴다. 웃음과 비명이 동시에

터졌다. 선생님의 결혼 상대는 수학을 가르치는 김미라 선생님이었다.

내 반응이 요란했기 때문인지 목사님은 웃으면서도 당황한 눈치였다. 이건 진짜 허락을 받았어야 했다며 내게 비밀 엄수를 몇 번이고 당부했다. 나는 걱정하지 마시라는 말로 목사님을 안심시켰다. 목사님은 하나님을 걸고 맹세를 해야 한다며 우스갯소리를 했고 나는 이 사실을 발설하면 세례를 받겠노라 약속했다.

목사님은 준비할 게 있다며 주방 밖으로 나갔고 나는 벙글거리며 부추를 썰었다. 정명진 선생님이 만만찮은 청소년기를 보낸 이야기가 괜스레 반가웠다. 거기에다 김미라 선생님과 결혼이라니. 양 입꼬리가 올라가면서 웃음이 새어 나왔다.

사진 속에서 두 사람이 함께 서 있는 모습은 콧등이 시큰할 만큼 예뻤다. 치마 끝이 인어 꼬리처럼 퍼지는 스커트를 입은 김미라 선생님은 설렘과 행복에 가득 찬 미소를 짓고 있었다. 김미라 선생님은 학생들 사이에서도 좋은 분으로 평판이 난 사람이었다. 점심마다 무료 급식 배식 줄에 서 있었을 고등학생 정명진과 웨딩 사진 속 정명진 선생님, 그리고 그 옆의 김미라 선생님을 떠올리자 가슴이 뭉클했다.

돼지국밥이 준비됐다. 점심시간에 맞춰 고속버스터미널 광장으로 나갔고 배식 봉사자들과 함께 천막을 쳤다. 천막이 세워지자 사람들이 줄을 서기 시작했다. 처음에는 모두가 다 비슷해 보였는데 익숙해지니 이제는 누가 누구인지 알아볼 수 있었다. 나를 먼저 알아보는 분들도 있었다. "오늘 또 왔네?" 하는 친근한 인사말도 들었다. 오늘이 마지막이라는 생각에 아쉬운 마음도 들었다. 나는 장갑을 끼고 김이 오르는 국을 뚝배기에 퍼 담았다.

"더 주면 좋겠는데."

낮고 무뚝뚝한 목소리에 고개를 들었다.

"고기."

첫날 보았던 그 아저씨였다. 아버지와 비슷해서 소름이 돋았던 그 아저씨. 순간, 정신이 산란해졌고 손놀림이 어지러워졌다. 아저씨에게 뚝배기를 건네던 손이 엉뚱한 방향으로 기울었다.

"으악!"

아저씨는 고함을 지르며 뚝배기를 떨어뜨렸다. 넘친 국물은 면장갑 낀 내 손에도 튀었다. 서둘러 장갑을 벗었으나 뜨거운 기운이 살갗 아래로 스며든 뒤였다. 나는 당황해서 어쩔 줄 몰라 했고 아저씨는 손목을 움켜쥐고 뜨겁잖아! 진짜 뜨겁잖아! 하며 목소리를 높였다. 옆에 있던 배식 봉사 아주머니가 괜찮냐고 묻고, 화상을 입은 것 같으니 이리 와 보라고 하고, 아저씨는 괜찮다면서도 뜨겁다고 화를 내고, 나는 고개를 숙이며 사과를 했다.

목사님이 2L들이 생수병을 들고 와서 나와 아저씨의 손에 물을 천천히 부었다. 아저씨와 내 손 아래로 맑은 물이 흘러내렸다. 아저씨는 손목을 움켜쥐고 인상을 썼다. 페트병의 물을 다 비우고 나서 목사님은 아저씨의 손을 유심히 살폈다.

"이분 모시고 사무실에 가서 화상 연고 좀 발라 드려요. 두현 군도 화상 연고 바르고."

아저씨가 목사님을 올려다보며 물었다.

"내 밥은요?"

목사님은 천막 바깥까지 늘어선 사람들과 국 통을 견주어 보았다.

"주방에 돼지국밥 남은 게 좀 있으니까 그걸로 점심을 해요."

목사님은 아저씨의 어깨를 손으로 툭 치고는 "거기가 고기가 많아." 하며 싱긋 웃었다. 아저씨는 흠, 하고 헛기침을 하더니 앞장서서 사랑의 집으로 향했다. 목사님은 화상 연고 있는 곳을 알려 주며 내게도 점심을 먹고 오라고 했다.

아저씨와 나는 사랑의 집으로 들어섰다. 아저씨는 이미 와 본 적이 있는지 두리번거리지도 않고 창가 앞 식탁에 자리를 잡고 앉았다. 화상 연고를 찾아다 건네주자 아저씨가 내 손을 턱으로 가리켰다.

"너 먼저 발라."

나는 손에 은빛이 도는 연고를 바르고 주방으로 향했다. 뚝배기에 밥을 넣고 국을 담았다. 돼지국밥 위에 부추를 얹은 뒤 식탁 위에 올렸다. 아저씨가 물었다.

"넌 안 먹어?"

딱히 먹고 싶은 생각은 없었지만 아저씨가 혼자 먹게 두는 것도 내키지 않았다. 마지못해 내 몫의 돼지국밥을 담아 와 식탁에 내려놓는데 아저씨가 물었다.

"정구지 더 없나?"

눈만 껌벅이자 아저씨가 국에 들어간 부추를 숟가락으로 가리켰다. 나는 주방에 가서 부추를 담아 왔다. 아저씨의 뚝배기 옆에 접시를 내려놓자 아저씨는 부추 접시를 뚝배기에 기울인 뒤 탁탁 털었다. 초록빛 생생한 부추가 돼지국밥 위에 한 움큼 얹혔다.

"정구지가 부추였어요?"

아저씨는 천천히 국밥을 퍼먹다가 툭 답했다.

"정력에 좋아서 정구지야."

웃음이 났다. 나는 아저씨의 손과 얼굴을 살폈다. 가까이에서 보니 아버지와 닮았다는 느낌이 전만큼 들지 않았다. 내가 불쑥 말했다.

"저는 김두현이에요."

"알아."

"어떻게요?"

아저씨가 숟가락으로 내 가슴께를 가리켰다. 목에 명찰이 걸려 있었다.

"아저씨 이름은요?"

"알아 뭐 하게."

"하시는 일은요?"

"사업을 했지. 예전에는."

"사업요?"

"큰 사업. 돈 많이 벌었어. 이제는 안 해."

"왜요?"

"일감도 없고. 사기도 당했고. 그리고 몸이 여기 있는데 어떻게 돈을 벌어?"

대꾸할 말이 없었다. 대화가 끊겼고 아저씨와 나는 묵묵히 숟가락만 놀렸다. 아저씨의 뚝배기는 반 넘게 비어 가고 있었다. 침묵이 어색했던 탓일까. 아저씨가 내게 말을 걸었다.

"학생 아냐? 이 시간에 여기서 뭐 해?"

"벌 받아요."

"벌? 왜?"

"그런 게 있어요."

아저씨는 쯧, 혀를 찼다.

"아버지는 뭐라시냐?"

쓴웃음이 났다. 이 상황에 느닷없이 아버지라니. 그것도 하필 아버지.

"모르겠어요."

"어머니는?"

"돌아가셨어요."

"어쩌다가."

"청산가리 먹고 죽었어요."

이상하게도 힘든 이야기가 아무렇지 않게 나왔다. 아저씨는 무덤덤한 어조로 물었다.

"왜?"

나는 말했다. 아버지가 몽골에 사업하러 갔다가 여자를 만났다. 그 여자와 결혼하고 싶다며 엄마에게 이혼을 요구했고 엄마는 청산가리를 먹고 자살했다. 끝.

내 이야기를 들은 아저씨는 휴지로 입가를 닦고는 나를 쳐다보았다. 너무 빤히 봐서 무안할 지경이었다. 나를 불쌍하게 여기는 건가 싶었는데 아저씨 입에서 튀어나온 말은 예상과 달랐다.

"누가 그래?"

"네?"

읽어서 아는 소문이었다. 할아버지나 할머니는 내게 엄마의 죽음에 대해서 자세히 이야기해 주지 않았다. 사는 게 힘들어서 그랬던 거지, 하는 게 전부였다.

상담 선생님들과 치료실 선생님들도 엄마의 죽음을 집요하게 파헤치지는 않았다. 나는 그 모든 이야기를 인터넷 기사를 통해 파악했다. 형석이 채팅방에 올렸던 그 기사.

"인터넷으로 알았어요."

아저씨는 "인터넷?" 하며 얼굴을 찌푸렸다.

"그거 진짜 맞아?"

아저씨는 인터넷에 돌아다니는 뉴스 중에 가짜가 많다며 자기 사업이 망한 것도 다 그런 기사 때문이라고 웅얼거렸다. 아저씨는 세상이 거짓말투성이라는 둥 사기꾼 천지라는 둥 자기 사연을 늘어놓기 시작했지만 아저씨의 말소리가 하나도 들리지 않았다.

어린 시절 읽은 기사였다. 나는 아버지와 엄마의 이야기를 다룬 그 기사를 사실로 받아들였다. 쳐다보기도 싫고 생각하기도 싫은 사실이 된 그 일은 의심의 대상으로도 떠오르지 않았다.

나는 아랫입술을 지그시 물었다. 혹시? 하는 생각이 절박한 마음을 도화선 삼아 내 안으로 타 들어갔다. 기사에는 나오지 않은 다른 사정이 있을 수도 있는 거 아닌가. 기자는 그 이야기를 누구에게서 들었을까. 머릿속에 쇳덩이처럼 자리 잡고 있던 검붉은 마음에 균열이 가는 것 같았다.

더는 국밥을 먹을 수가 없었다. 나는 핸드폰으로 기사를 검색했다. 오래전 기사였으나 몇 번 검색만으로도 어렵잖게 찾을 수 있었다. 엄마의 죽음을 다룬 뉴스가 일곱 개 떴다. 자극적인 제목을 다시 보는 게 괴로웠지만 하나하나 눌러 엄마의 일을 가장 먼저 보도한 기사를 찾았다. 기사를 쓴 사람의 이름과 이메일이 하단에 붙어 있었다.

○○일보 사회부 기두호 기자.

11

학교에 돌아오니 좋았다. 같은 과 친구들이 사회봉사가 끝났으니 두부를 먹어 줘야 한다고 했는데 점심 급식으로 두부가 나왔다. 누군가가 "야! 이거 두현이 덕분이다!" 하고 큰 소리로 말했고 다들 쿡쿡거리며 웃었다.

재경과 나는 열 시가 조금 넘은 시각, 준수네 편의점에서 만났다. 재경은 평소와 다를 바 없는 명랑한 얼굴이었다.

"나는 확인 쪽에 한 표."

기사의 진실 여부를 확인하는 게 좋을지 안 좋을지 모르겠다는 내 말에 재경은 컵라면 뚜껑을 벗기며 말했다. 다음 근무자와 교대하고 이제 막 퇴근한 준수가 갓 튀긴 치킨너깃을 종이 접시에 담아 내놓았다. 재경이 싱글거리며 준수에게 말했다.

"준수야, 네 컵라면 다 익혀 놨어."

나한테는 야야, 거리면서 준수한테는 준수야, 라니. 나는 속으로 구시렁거리며 컵라면 뚜껑을 벗겨 냈다. 이쑤시개로 치킨 너깃을 찍어 입에 넣고 하나 더 넣었다. 어금니에 튀김옷이 바스러지면서 입안에 짭조름하고 고소한 향미가 가득 찼다. 맛있어서 한숨이 나왔다. 마음이 복잡하고 심란해도 맛있는 건 늘 맛있다. 고맙게도.

준수가 내게 물었다.

"전화해 봤어? 신문사에."

전화를 해 보긴 했다. 신문사 홈페이지에서 전화번호를 찾아 전화를 걸었는데 ARS 음성 대신 사람이 바로 받아서 깜짝 놀라 전화를 끊었다. 준수가 말했다.

"기자한테 메일 한번 보내 봐."

"고민 중이야."

재경이 소리를 높였다.

"야야, 보내. 찜찜하게 두는 것보다는 딱딱 짚는 게 낫지."

7년 전 일을 기두호 기자는 기억하고 있을까. 기사의 진위를 물어본다면 대답을 제대로 해 주기는 할까. 기억하지 못한다고 잡아떼면 어쩌나. 준수가 무어라 말을 하려다가 내 얼굴을 보고는 입을 닫았다.

재경이 준수 쪽으로 치킨너깃 접시를 밀며 "맛있다. 엄청 잘 튀겼나 봐." 하고 빙긋 웃었고 나는 "나도 맛있는 게 뭔지 알거든?"

하며 치킨너깃 접시를 제자리에 끌어당겼다.

우리 셋은 라면과 치킨너깃을 남김없이 다 먹었다. 재경이 "야야, 너넨 가만히 있어." 하더니 먹고 난 자리를 깨끗이 치웠다. 그러고는 냉동고 문을 열고 아이스크림을 세 개 꺼내어 계산대로 갔다. 내가 물었다.

"이재경, 네가 라면도 사고 너깃도 사고 아이스크림도 사는 거야?"

"오늘은 내가 쏜다."

재경이 체크카드를 흔들었다.

우리는 편의점을 나오며 아이스크림을 한 입씩 베어 물었다. 어느덧 육교 위에 다다른 우리는 누가 먼저랄 것도 없이 난간에 기대어 서서 육교 아래 풍경을 바라봤다.

나는 아이스크림을 우물거리며 재경에게 말했다.

"오늘 돈 너무 쓴 거 아냐?"

"일종의 보상 같은 거야."

장귀녀 사장 집에 같이 갔던 일을 말하는 거였다. 정정이 필요한 말이었다.

"보답이겠지."

"그거나 이거나."

준수와 내가 동시에 소리쳤다.

"천지 차이지."

재경은 나와 준수를 쳐다보며 "어쭈, 둘이 척척이네?" 하고 짐짓 화를 냈다. 속으로 웃음이 났지만 나는 눈을 내리깔고 아이스크림 맛만 음미하는 척했다. 재경이 깊은 한숨을 내쉬었다.

"고마워. 둘 다."

진심이 담긴 말이어서 마음에 따뜻한 기운이 감돌았다.

장귀녀 사장은 끝내 사과하지 않았지만 자신만만하고 득의양양하던 태도에 금이 간 건 분명했다. 나는 그 모습이 후련하지만은 않았다. 돌아보고 곱씹어 보면 그날의 모든 상황이 울적했다.

준수가 재경에게 물었다.

"이제 어떻게 할 거야?"

"어쩌긴 어째. 열심히 살아야지. 난 대학도 갈 거야. 금형 기술로 아주 끝장을 볼 거야. 내 금형 역사의 시작은 지금부터야."

내 역사의 시작. 멋있는 말이었다. 나도 시작하고 싶었다. 부모님은 부모님이었고 나는 나였다. 치료는 지긋지긋했다. 동정 어린 시선도 거북스러웠다. 대체 언제까지 위로를 받아야 성난 속이 가라앉는단 말인가.

재경과 준수는 이미 시작했다. 준수는 일찌감치 목표를 정했고 매일 꾸준히 앞을 향해 나아가는 중이었다. 재경도 마찬가지였다. 재경의 부모님은 재경이 선택한 진로를 지지한다고 했다.

재경은 자신을 응원해 주는 부모님을 고마워하면서도 오빠 문제는 지나가야 하는 사건으로 치부한다며 불만스러워했다. 문득 궁금했다. 재경은 어째서 금형 기술로 끝장을 보고 말겠다는 결심을 하게 된 걸까.

"근데 왜 하필이면 금형이야?"

재경이 턱을 슬며시 쳐들고 가늘게 뜬 눈으로 육교 저 너머를 바라보았다.

"미래를 봤지."

"미래?"

"난 내 삶이 좀 특별했으면 좋겠어. 공부 잘하면 여러모로 좋긴 해. 선택의 폭도 넓고. 하지만 그래 봐야 대학 졸업하고 나서는 별 대단한 게 없을 것 같은 거야. 내 깜냥으로는 다른 사람들이랑 비슷한 모습으로 살아가게 될 것 같고. 그러다 어느 날 오빠가 실습실에서 밀링하는 걸 본 거지."

재경은 검지로 허공을 두드리며 말을 이었다.

"저거다 싶더라고. 쇠를 다루는 세계가 있을 거라고 생각했어. 그 세계에서 우뚝 서려면 기본부터 착착."

"그래서 금형?"

"그렇지."

"사과는?"

"기억해 둘 거야."

"뭘?"

"그 사람이 끝까지 사과하지 않았다는 거랑 이 세상이 생각보다 훨씬 후지다는 거."

후지다는 말에 웃음이 났다. 재경은 아이스크림을 핥으며 장난스레 말을 이었다.

"도무지 눈 뜨고 볼 수가 없어서 가만 놔둘 수가 없어. 돈이 최고인 세상은 너무 별로 아니냐?"

재경은 핸드폰에 기사 하나를 띄워 우리에게 보여 주었다. 기사 제목은 '2조 자산가 김재열 회장 호텔에서 사망'이었다. 이게 뭐냐는 눈빛으로 쳐다보자 재경이 답했다.

"아무리 돈이 많아 봐야 결국 다 죽어."

준수가 물었다.

"그래서?"

재경이 난간에 손날로 선을 그으며 말했다.

"지금을 기점으로, 내가 그 아줌마보다 훨씬 더 오래 살 거야. 그럴 확률이 높지."

이번에는 내가 물었다.

"그래서?"

"그러니까 내가 이긴 거야. 세상에서 가장 값비싼 건 시간이고,

정말 중요한 건 그 시간 동안 어떻게 살았느냐니까, 잘 살 기회가 훨씬 더 많은 내가 이미 이긴 거지."

준수가 말했다.

"정신 승리 같은 거야?"

재경이 두 손으로 준수의 손을 감싸며 진지한 눈빛으로 바라보았다.

"준수야, 정신 승리가 제일 중요해. 그거 없으면 다 꽝이야."

내가 말했다.

"정신 승리면 그만이냐? 그걸로 충분해? 세상이 너무 후져서 눈 뜨고 볼 수가 없다며."

재경이 검지를 좌우로 까딱거리며 말했다.

"두고 봐. 내가 언젠가 이 세상 제대로 손 한번 봐줄 테니까."

준수와 나는 오오, 하며 손뼉을 쳐 주었다. 재경은 양손으로 브이 자를 만들어 올리고 환호를 기꺼이 받아 챙겼다.

재경이 준수에게 물었다.

"넌 뭐 할 거야?"

"한국전력 들어가서 돈 벌 거야."

재경이 또 물었다.

"돈 벌어서 뭐 할 건데?"

"치킨."

재경이 "치킨?" 하고 묻자 준수가 살짝 웃었다.

"동생들한테 금요일 밤마다 치킨을 사 줄 거야. 세상에 있는 치킨을 종류별로 다 사 줄 거야. 이 귀여운 녀석들, 아주 포동포동하게 살을 찌워 버려야지."

명랑한 기운에 얹은 말이었지만 우스갯소리는 아니었다. 재경과 나는 집에서 용돈을 받아 썼지만 준수는 아니었다. 준수가 편의점에서 버는 돈은 쌀이고 국이고 반찬이었다. 지난여름에 물난리가 났을 때 준수네 반지하방은 물에 잠겼다. 구청에서 전세지원을 받아 이사를 가긴 했으나 언젠가는 집을 비워 주어야 한다고 했다. 준수는 사고 싶은 걸 사기 위해 돈을 버는 게 아니라 살아가기 위해 돈을 버는 친구였다.

재경이 말했다.

"아무리 봐도 넌 좀 멋있어."

나도 말했다.

"나도 인정."

준수가 말했다.

"나도 알아."

우리는 서로를 향해 웃으며 육교 아래 거리를 바라보았다. 잰걸음으로 어딘가를 향해 걸어가는 사람들이 보였다. 늦은 밤이니 대부분 집에 가는 길이겠지. 나는 치킨 상자를 들고 빠르게 걸어가는 준수의 뒷모습을 그려 보았다.

한국전력 마크가 붙은 점퍼를 입고 긴 다리를 성큼성큼 내뻗으며 집으로 향하는 준수의 표정이 어떨지 상상할 수 있었다. 세상이 아무리 후지고 허접스러워도 준수에게서 그 표정을 빼앗을 수는 없을 것이다.

준수가 다시 말을 이었다.

"시간이 빨리 갔으면 좋겠어. 이설이랑 이안이한테 내가 취직해서 돈 번다고 으스대고 싶어. 취직한 날 엄마한테 가서 이렇게 얘기하는 거야."

준수는 허리를 곧추세우고 턱을 올리며 연기하듯이 말했다.

"엄마, 이제 일 좀 줄이고 집에서 쉬어. 손목도 안 좋잖아."

재경이 손뼉을 짝짝짝 치며 "우와! 멋지다!" 장단을 맞췄다. 준수는 눈가에 주름을 잡았다.

"이 말을 탁 던지는 내 모습을 생각하면 가슴이 뻐근할 정도로 좋아. 대학? 나는 그딴 거 필요 없어. 돈이 필요해. 돈을 벌어서 빚도 갚고 이설이랑 이안이 대학도 보내 줄 거야."

준수네 집에 빚이 있다는 말은 처음 들었다. 빚도 갚고 동생들 대학도 보내 주겠다니. 야, 그럼 너는? 너는 어떻게 하고? 그런 말이 떠올랐지만 목구멍으로 삼켰다.

준수는 칭찬과 응원을 들을 자격이 있었다. 나는 준수의 성실

함을 존경했다. 일찌감치 철이 들어 버린 준수의 말이 슬프기도 했으나 근사한 것은 사실이었다.

낭랑한 목소리에 실린 두 사람의 결심이 멋졌다. 언제 찾아올지 모르는 아버지를 떨쳐 내지 못하는 나보다는 다음 바둑돌 놓을 자리를 탐색하고 한 점 한 점 판을 채워 가는 재경과 준수가 부럽기도 했다.

우리 학교 현관 로비의 유리 진열장에는 특수용접 구조물, CO_2 아크 용접 V홈 구조물, 그리고 CNC 선반 기능반 학생 작품이 전시되어 있었다. 벽에는 '월급의 유혹에서 벗어나라'는 문구로 시작되는 취업 십계명과 대기업이나 한국석유공사, 서울교통공사, 한국철도공사, 공무원 시험에 최종 합격한 선배들의 이름이 인쇄된 게시물이 걸려 있었다. 그 옆에는 교통공사 면접 질문지가 붙어 있었는데 질문 중에는 '용접의 정밀성에 자신이 있는가.' '입사 후 야간 근무를 할 수 있는가?' 하는 질문도 있었다. 1년 뒤에는 나도 어딘가에 앉아서 면접관으로부터 저런 질문을 받게 될 수도 있다는 말이었다.

흘러가는 시간을 느낄 때마다 초조한 기분이 드는 것은 어쩔 수 없었다. 이 압박감은 결정을 해야만 해소될 수 있었다. 재경의 말마따나 우리는 시간 부자였지만 시간은 우리 마음대로 쓸 수 있는 게 아니었다. 시간에 떠밀려 간다는 점에서 세상 모두는 평등했다.

자현기계공고를 떠날 날은 정해져 있었다. 우리 셋이 아침마다 얼굴 보고 점심 먹고 집에 갈 때 서로를 기다리고 챙기는 일도 졸업하면 끝이었다. 우리는 각기 다른 곳에서 스무 살을 맞을 것이었다. 재경은 대학을 갈 것이고 준수는 한국전력이든 어디든 번듯이 회사에 취업할 것이었다.

준수와 재경이 맞이할 그 시간에 나는 어디에 있을까.

"오빠다."

재경은 육교 아래로 다가오는 재석 선배를 향해 손을 흔들고 가방을 추어올렸다. 바지 주머니에 손을 꽂은 채 고개를 빼고 우리 쪽을 바라보는 재석 선배가 보였다.

"오빠가 가끔은 밖에 나오는 게 좋을 것 같아서 내가 불렀어. 밤길 무섭다고 했지."

나와 준수가 인사하자 재석 선배는 어색하게 웃으며 손을 흔들었다. 머리칼이 덥수룩한 재석 선배를 보는데 마음 한구석이 욱신거렸다.

"우리 오빠 알지? 차별 철폐 이재석."

재경은 나와 준수를 향해 싱긋 웃었다.

"나 먼저 갈게. 내일 보자."

재경은 우리에게 손을 팔랑거리고는 계단을 내려갔다. 재석 선배 옆에 붙자마자 팔짱을 꼈다. 재석 선배가 주변을 둘러보며 팔을 빼려 들었지만 재경은 막무가내였다. 일부러 그러는 것 같았다. 우리 보라고, 아니 준수 보라고.

준수는 반짝이는 눈으로 가로등 아래를 지나가는 재경의 뒷모습을 바라보고 있었다. 길모퉁이를 돌던 재경이 탁, 하는 느낌으로 뒤를 돌아보았다. 준수를 보는 거였다. 늘 어두운 색감이었던 준수의 얼굴이 일순간 찬란하게 빛났다. 준수에게서 한 번도 본 적 없는 표정이었다. 재경과 재석 선배가 사라진 모퉁이를 바라보며 나는 말했다.

"두고 봐."

준수가 꿈에서 깬 듯한 표정으로 "뭘?" 하고 물었다.

"내가 너보다 연애를 백 번쯤은 더 하고 말 거다."

백 번? 백 번? 말꼬리를 올리던 준수는 수줍은 미소를 띠며 말했다.

"난 딱 한 번만 할 건데."

이대로 닭이 되어 버릴 것 같았다. 나는 손바닥으로 준수의 어깨와 등짝을 후려쳤고 준수는 큭큭거리며 내 매를 고스란히 받았다. 나는 그런 준수를 쳐다보며 속으로 생각했다.

그래. 부디, 사랑은 오래오래 행복하게.

12

눈을 떴다. 달력이 보인다.

그저께 밤, 나는 고민 끝에 기두호 기자에게 메일을 보냈다. 답장이 온 건 어제였다. 메일에 적은 기두호 기자의 글은 정중하고 간단명료했다.

사실에 기반한 취재였다. 당사자였던 학생에게는 미안하다. 메일을 받고 고민했으나 7년 전 취재원을 밝히는 게 좋을지 모르겠다. 취재에 응했던 당사자가 자신이 누구인지 밝히길 원하지 않았던 것으로 기억한다. 그런 내용이었다.

이제 10월이 며칠 남지 않았다. 10월 내내 아침마다 했던 생각이 또다시 반복됐다. 아버지의 출소일은 대체 언제일까. 아버지는 출소한 뒤에 이곳으로 올 것인가.

아버지와는 언젠가 마주하게 될 것이었다. 어쩌면 같이 살게 될지도 몰랐다. 금강복집 2층에는 남는 방이 두 개나 있었다.

해결해 버리지 않으면, 내가 어디로 향하든 걸림돌로 남을 일이었다. 아버지라는 그 남자에게도 자기 입장과 처지가 있겠으나 나는 나대로 입장을 정해야 했다. 아버지를 받아들일지, 피할지, 내칠지, 아니면 그냥 내가 떠나 버릴지. 어떤 선택이든 해야 했다. 다른 사람이 대신 해 줄 수 있는 게 아니었다.

방문을 열고 나왔다. 주방에서 달걀부침 냄새가 났다. 할머니는 기운찼고 할아버지는 오늘 아침도 품위 있는 모습이었다. 씻고 아침 먹고 학교로 출발하는 일상이 이어졌다. 현관문을 나서면서 나는 평소보다 씩씩한 목소리로 할아버지 할머니에게 인사를 했다. 두 분이 안심하실 수 있도록.

등굣길은 평소와 같았다. 재경이 근처에 있을까 해서 주위를 둘러보았으나 보이지 않았다. 학교 쪽 인도로 접어들면서 우리 셋의 채팅방에 메시지를 올렸다.

— 어디냐?

잠시 뒤 준수로부터 회신이 왔다.

— 학교 앞.

고개를 들어 보니 재경과 준수가 길 저편에 함께 있었다. 내가 손을 흔들자 둘 다 비슷한 표정으로 인사를 받았다. 우리는 같이 횡단보도를 건넜다. 시시껄렁한 농담을 주고받았고 이미 알고 있는 오늘 시간표를 군이 물어 확인했다. 하이텍기계과 친구들이 우리를 지나쳐 가며 알은체를 했다. 얼굴에 웃음이 번졌다.

교문을 지나면서 재경이 물었다.

"메일은 보냈어?"

"응."

"답장은?"

"왔어."

준수가 끼어들었다.

"뭐래?"

나는 어젯밤 늦게 받은 메일을 보여 주었다. 재경과 준수는 머리를 맞대고 내 핸드폰을 보았다. 재경이 얼굴을 구기며 목소리를 높였다.

"취재원 보호?"

준수가 말했다.

"너는 보호할 필요가 없다는 거야?"

"난 보호 필요 없거든?"

재경이 내 말을 막았다.

"그 얘기가 아니잖아. 이래도 되는 거야? 7년 전 일 다시 들쑤시고 싶지 않다니."

나는 쓴웃음이 났다.

"틀린 말도 없어."

재경이 목소리를 높였다.

"야, 틀린 말이 왜 없어. 너는 당사자야. 그 기사에 평생 영향을 받을 텐데 저 기자는 나 몰라라 하겠다는 거 아냐."

나는 학교 현관 쪽으로 걸음을 옮기며 말했다.

"들쑤셔 봐야 좋을 게 있나 싶기도 해. 물을 건 묻고 갈 길은 가고. 그래야 하지 않나?"

그럴 수도 있지만, 하며 말끝을 올리다 말고 재경의 목소리가 낮아졌다.

"그래. 그럴 수도 있지."

"됐어. 그냥 잊지 뭐. 솔직히 그거 알아서 뭐 하냐?"

별일 아니라는 식으로 말했으나 속마음은 아니었다.

나는 수십 번 고치고 또 고쳐 기두호 기자에게 스무 문장도 안 되는 짧은 메일을 보냈었다. 아버지가 엄마에게 정말로 그런 말들을 쏟아 냈는지 확인하고 싶다는 말을 적는데 컴컴한 구덩이 속으로 스스로 걸어 들어가는 기분이었다.

어제 받은 건조한 답장에 맥이 빠질 수밖에 없었다. 무시당한 기분마저 들어서 화도 났다. 충동적으로 답장을 쓰다가 감정이 북받쳐 올라 손바닥으로 얼굴을 덮고 한참을 가만히 있었다. 체념하듯 나는 입장을 정했다. 기두호 기자로부터 사실 확인이 어렵다면 이제까지 알고 있던 대로 나의 상황을 이해하고 아버지를 어떻게 대할지 입장을 정하자.

우리는 말없이 콘크리트 길을 걸어 올라갔다. 기계공고 현관으로 들어서는데 셋의 핸드폰으로 동시에 채팅 메시지 알림음이 울렸다. 우리 과 2학년 애들의 단체 채팅방에 메시지가 들어와 있었다. 보낸 사람은 강태였고 올린 건 동영상이었다.

재경이 말했다.

"이건 또 뭐야?"

강태의 메시지가 바로 올라왔다.

— 우리 과 놈들에게 알려 주는 정명진의 실체.

재경과 나와 준수는 서로를 쳐다보았다. 불길했다. 장난으로 지나갈 수 없는 사태가 벌어지는 중이라는 걸 직감했다. 나는 동영상 파일을 재생했다. 작은 화면 속 흔들리는 영상에 나도, 준수도, 재경도 당혹감을 감추지 못했다.

강태의 메시지 아래로 영상을 본 아이들의 메시지가 빠르게 올라오기 시작했다.

— 뭐야 이거?

— 진짜야?

— 담임 맞지? 저거.

— 언제 찍은 거야?

— 강태는 괜찮대?

13

교실에 조회 시간을 알리는 멜로디가 울렸다. 평소라면 정명진 선생님이 오실 때까지 시끌벅적했겠지만 오늘은 달랐다. 교실에 감도는 공기는 어둡고 무거웠다.

몇몇은 친구들과 낮은 소리로 이야기하며 핸드폰을 들여다보았고 몇몇은 내 알 바 아니라는 식으로 자리에 앉아 책을 넘기거나 핸드폰 게임을 했다. 재경은 맞잡은 두 손을 인중에 대고 멍하니 책상 끄트머리를 쳐다보고 있었다. 강태가 단체 채팅방에 올린 영상을 본 이상, 누구도 평범한 아침을 보낼 수 없었다.

교실 앞문이 쾅, 소리를 내며 열렸다. 아이들의 시선이 앞으로 쏠렸다. 교실에 들어온 사람은 강태였다. 평소에는 잘 입지 않던 교복 차림이었다. 다리를 절면서 들어온 강태는 교실을 둘러보고 한마디 던졌다.

"잘 봤냐?"

아무도 대답하지 않았다. 강태는 텔레비전을 켜고 리모컨의 버튼을 눌렀다. 자기 핸드폰과 텔레비전을 연결하고 있었다. 텔레비전 화면에 다시 설정하라는 메시지가 떴다. 강태는 욕을 내뱉으며 신경질을 부렸다.

강태가 무엇을 하려는지 알 것 같았다. 잠시 뒤면 정명진 선생님이 올 터였다. 정명진 선생님이 교실에 들어올 때 우리에게 보낸 동영상을 텔레비전에 띄우려는 거였다. 자신이 당한 일을 앙갚음하려고.

강태가 찍은 동영상은 정명진 선생님과 김미라 선생님의 모습으로 시작됐다. 늦은 밤 실습실 복도 창문에서 핸드폰으로 찍은 영상이었다. 동영상은 필요 이상으로 화질이 좋았다. 강태가 찍고 있다는 걸 알아차린 정명진 선생님은 강태를 쫓아가 붙잡았다. 강태는 정명진 선생님의 완력에 밀려 복도 바닥에 심하게 나동그라졌다.

두 사람이 다투는 장면은 제대로 찍히지 않았으나 서로를 밀치는 소리와 선생님의 분노에 찬 말들은 그 상황을 생생히 떠오르게 했다. 강태의 비열한 말과 행동을 편들고 싶은 마음은 조금도 없었으나 정명진 선생님이 강태에게 퍼부은 말은 받아들이기가 어려웠다. 너무도 날것인 말들은 그동안 선생님이 보여 주었던 교사로서의 태도를 배반하는 것이었다.

강태에게서 핸드폰만 빼앗았어도 되지 않았을까. 선생님은 대체 왜 그랬을까. 김미라 선생님이 찍혔기 때문일까. 아니면 선생님의 마음 깊은 곳에 숨어 있던 독이 혓바닥을 날름거리며 올라와 이성을 마비시켰던 걸까.

교실의 누구도 움직이지 않았다. 강태는 핸드폰과 텔레비전의 연결 상태를 확인한 뒤 기분 나쁜 미소를 지었다. 그 미소에 걸린 감정이 섬뜩했다. 순수한 악의였다. 다른 사람이 고통받는 걸 구경하고 싶은 마음이었다.

강태가 손에 쥔 건 두 사람을 고통으로 몰아넣을 독화살이었다. 만에 하나 동영상이 퍼지기라도 하면 분명 뉴스가 될 것이고 댓글로 독성을 키울 것이었다. 정명진 선생님과 김미라 선생님의 눈에 들어가게 될 그 문장들이 두 사람을 오랜 시간 괴롭힐 거라는 걸, 나는 누구보다도 잘 알았다. 순간, 아래로부터 올라온 뜨거운 불길이 가슴을 활활 태우는 것 같았다.

"하지 마."

내 목소리가 조용한 교실에 울렸다. 강태는 핸드폰을 내려놓고 교탁 가장자리를 두 손으로 움켜쥐었다. 그리고 일그러진 얼굴로 나를 쳐다보았다.

"청산가리, 너냐?"

"지금 하려는 거 그만둬. 동영상도 지워."

강태가 크악! 소리를 내질렀다. 외마디 포효가 교실 벽을 때렸다. 목덜미에 소름이 돋을 만큼 독기 서린 소리였다. 강태가 으르렁거리는 목소리로 말했다.

"내가 왜? 난 피해자야. 정명진은 가해자고! 지금 너 가해자 편드는 거야. 알긴 해?"

나는 대꾸하지 않았다. 앞으로 벌어질 불행한 일들을 방관하고 싶지 않았다. 의자를 뒤로 밀고 일어섰다. 강태가 가소롭다는 듯이 웃었으나 앞으로 걸어 나가 교탁 위에 놓인 강태의 핸드폰으로 손을 뻗었다. 강태가 내 팔을 쳐 내며 으르댔다.

"뭐 하냐? 지금."

"핸드폰 내놔."

강태는 교탁 위에 놓인 자기 핸드폰을 손끝으로 툭 쳤다.

"가져가 봐."

핸드폰을 향해 다시 손을 뻗자 강태의 손이 내 얼굴로 날아왔다. 순간 고개를 뒤로 뺐으나 강태의 손바닥을 피하지는 못했다. 둔탁한 소리와 함께 머리가 옆으로 밀렸고 균형을 잃었다. 나는 교탁 앞 책상을 짚고 쓰러지려는 몸을 간신히 지탱했다. 속에서 뜨거운 기운이 일었다. 심장이 빠르게 뛰었지만 호흡은 차분했다.

나는 강태를 노려보았다.

"지워. 그 동영상."

"이게 진짜 미쳤구나."

강태는 핸드폰을 바지 주머니에 넣고 교탁을 앞으로 밀어 버렸다. 교탁이 넘어지면서 꽈당! 소리가 났다. 앞에 앉아 있던 애들이 놀라서 뒤로 물러났다. 내게로 다가오는 강태의 얼굴은 잔인하고 사나웠다. 강태가 두 손으로 내 옷깃을 우악스레 움켜쥐고 마구 흔들었다.

"죽고 싶냐?"

어지럽고 숨이 막혔다. 강태의 입에서 역한 담배 냄새가 났다.

"이 좀 닦아라. 입에서 똥 냄새 완전 구려."

"이게 진짜!"

강태는 나를 뒤로 밀듯이 던져 버렸고 나는 책상 두어 개를 넘어뜨리며 자빠졌다. 준수가 달려와서 나를 부축했다. 준수가 괜찮냐고 물으며 강태에게 뭐 하는 짓이냐고 소리쳤다. 나는 비틀거리며 일어서서 강태에게 손을 뻗었다.

"내놔. 핸드폰."

강태가 기가 찬다는 듯 나를 쳐다보았다.

"이 미친놈아. 이걸 너한테 왜 줘?"

"동영상 지우게 빨리 내놔!"

강태가 욕설을 내뱉었다.

나는 으아아아아! 소리를 지르며 달려들어 강태의 허벅지를 두 팔로 끌어안고 온 힘을 다해 밀었다. 순간 균형을 잃은 강태가 요란하게 넘어졌다. 나는 아무에게나 소리쳤다.

"핸드폰! 핸드폰 뺏어!"

괴성을 지르며 버둥거리는 강태에게 달려든 건 준수였다. 나도 일어서려 했으나 강태의 발길질에 얼굴을 차여 버리고 말았다. 재빨리 몸을 일으킨 강태가 핸드폰을 뺏으려는 준수의 옆구리를 발로 찼다. 준수는 의자를 잡으며 뒤로 쓰러졌다.

"그만!"

교실 앞에서 큰 목소리가 울렸다. 정명진 선생님이었다. 반쯤 일어섰던 나는 다시 바닥에 주저앉고 말았다. 입술 언저리로 코피가 흘렀다. 강태는 주머니에서 핸드폰을 꺼내어 무언가를 눌렀다. 텔레비전에서 강태의 동영상이 재생되기 시작했다. 강태는 정명진 선생님을 쳐다보며 볼륨을 최대로 높였다.

커다란 화면에 맞닿을 듯 얼굴을 가까이하고 있는 정명진 선생님과 김미라 선생님의 모습이 떴다. 나는 눈을 감고 말았다. 잠시 뒤 두 사람의 청량한 웃음소리에 이어 텔레비전 스피커를 찢을 듯한 정명진 선생님의 외침이 들렸다.

야! 너 뭐야! 거기!

키득거리는 소리와 후다닥 달리는 소음이 들렸다. 그다음부터는 제대로 찍힌 게 없었으나 소리는 고스란히 녹음됐다. 강태!
조강태! 하고 부르는 선생님의 목소리가 들렸고 뛰는 소리가 이
어졌다. 선생님은 강태를 낚아챈 뒤 숨을 헐떡이며 물었다. 우리
를 찍은 거냐고. 강태는 아니라고 대답했다. 핸드폰을 확인해야
겠다는 선생님의 말에 강태는 싫다고 했다. 공짜로는 안 된다고
했다. 이죽거리는 투로.

　그 뒤로 험악한 말이 이어졌다. 용을 쓰는 소리, 버티는 소리,
넘어지는 소리 사이사이로 누가 내뱉는지 모를 욕설이 들렸다.
김미라 선생님의 목소리도 고스란히 녹음됐다. 김미라 선생님은
선생님! 그만요! 그만하세요! 하며 정명진 선생님을 말렸고 그
틈을 타 강태는 도망쳤다.

　정명진 선생님은 문 앞에 서서 텔레비전을 물끄러미 쳐다보기
만 했다. 강태는 교복 재킷 주머니에서 두 번 접은 종이를 꺼내어
선생님의 가슴팍에 던졌다.

　"아침에 갓 떼 온 따끈따끈한 진단서다. 이 위선자야. 폭행으로
고소할 거니까 각 잡고 기다려."

　선생님은 강태가 던진 종이를 주워 천천히 폈다. 교실은 종이
펴는 소리가 들릴 정도로 고요했다. 강태가 격하게 외쳤다.

　"당신은 이제 끝장이야. 내가 이거 새벽에 온라인 커뮤니티 올
려 버렸거든. 조회수가 얼마나 올라갔는지 확인 한번 해 볼까?"

재경이 신음을 토하며 두 손으로 얼굴을 감쌌다. 나도 같은 심정이었다. 이미 벌어진 일이었고 수습할 방법은 없었다. 어두운 얼굴로 진단서를 내려다보던 선생님은 고개를 들고 천천히 말했다.

"미안하다."

강태에게 하는 말이었다. 우리에게 하는 말이기도 했다.

"그게, 어디, 말로만 되는 건가? 금전적 보상이 따라 줘야 진정성이 확인되는 거 아냐?"

승자의 여유로움을 가장한 목소리와 달리, 강태의 얼굴은 고통으로 일그러져 있었다.

잠시 우리를 바라보던 선생님은 말없이 교실 밖으로 걸어 나갔다.

14

수업이 끝났다. 아이들이 빠져나간 교실에 준수와 재경과 나만
남았다. 5층 창밖을 내다보니 학교 정문 앞에 서성이는 기자들이
보였다. 기자들은 학교 밖으로 나오는 아이들을 붙잡고 무언가
를 묻고 있었다. 아이들은 정명진 선생님과 김미라 선생님에 대
해 어떻게 이야기했을까. 강태에 대해서는 무어라 했을까. 그 광
경을 내려다보는 게 편치 않았다.

정명진 선생님이 마무리하지 않은 교실은 어수선했다. 책상 줄
이 엉망이었다. 교실 바닥에는 비닐봉지와 과자 봉지, 뭉친 휴지,
부서진 볼펜 따위가 떨어져 있었다.

준수가 먼저 청소를 시작했고 나와 재경도 함께 했다. 우리는
책상 위의 물건들을 서랍에 집어넣고 책상을 전부 뒤로 밀었다.
눈에 보이는 큰 쓰레기들은 주워 버리고 진공청소기로 교실 구
석구석을 밀었다. 칠판을 닦고 책상을 제자리에 옮겨 놓은 뒤 줄

간격을 맞췄다. 청소를 하고 나자 번잡하고 참담했던 마음이 다소 차분해졌다.

집에 갈 시간이었다. 우리는 함께 교실을 나섰다.

재경이 내 얼굴을 살폈다.

"야, 너 괜찮냐? 멍들 것 같은데?"

아까 보건실에서 얼음팩을 받아 와 내내 대고 있었지만 얼굴의 부기는 쉬이 빠지지 않았다.

"워낙 잘생긴 얼굴에 이 정도는 장식이지."

재경이 피식 웃었다. 준수가 내 어깨를 부드럽게 툭툭 두드렸다.

1층으로 내려가 실습실 앞을 지나는데 밀링에 집중하던 강태의 얼굴이 떠올랐다. 강태와 정명진 선생님은 서로를 신뢰했다. 선생님이 강태에게 기울인 노력은 애정 없이는 불가능했다. 이글거리는 눈으로, 슬프고 아픈 눈길로 정명진 선생님의 뒷모습을 쏘아보던 강태의 얼굴과 모든 것이 무너져 내린 듯 우리를 바라보던 선생님의 얼굴이 실습실 유리창에서 하나로 겹쳐 들었다.

우리는 학교 정문으로 향하는 콘크리트 길을 내려갔다. 조금 늦게 나가서인지 정문의 취재 열기는 한 김 빠진 뒤였다.

횡단보도를 향해 걸어가는데 정문 게시판 앞에서 한 남자가 학생에게 핸드폰을 들이밀고 이야기를 나누고 있었다. 그 아이가 우리를 보더니 남자에게 무어라 말했다. 남자는 어깨에 멘 가방을 추어올리며 우리 쪽으로 걸어왔다. 역시 기자 같았다.

준수가 속삭였다.

"그냥 가자."

기자가 손을 흔들며 말을 걸었다.

"거기, 학생들, 뭣 좀 물어봐도 될까?"

나는 준수를 쳐다보았다. 준수는 그냥 가자고 했지만 재경은 기자를 향해 고개를 살짝 숙였다. 기자가 재경에게 명함을 건넸다. 재경이 그 명함을 내게 주었다. △△신문 사회부 도영수 기자. 사회부 기자라는 직함에 눈길이 갔다. 기두호 기자도 사회부 기자였다. 재경이 대뜸 물었다.

"혹시 기두호 기자님 아세요? 여기 오셨어요?"

도영수 기자는 한쪽 눈썹을 올리며 재경에게 되물었다.

"기두호 기자? ○○일보 기두호? 학생이 그 사람을 어떻게 알지?"

재경은 "어쩌다 보니까요."라고 말을 흘리면서 혹시 여기 오셨냐고 다시 물었다. 도영수 기자는 정문 앞에서 사진을 찍고 있는 남자 기자를 향해 "기두호 기자님! 여기 이 학생이 찾아요!" 하고 큰 소리로 불렀다. 백팩을 메고 안경을 쓴 기자가 돌아보더니 우리 쪽으로 걸어왔다.

나는 기자 프로필 사진으로 여러 번 보았던 기두호 기자의 얼굴을 알아보았다. 엄마의 죽음을 최초로 보도한 기자, 내게 메일로 취재원 보호 운운했던 그 기자였다. 기두호 기자가 다가올수록 내 얼굴은 긴장으로 굳어 갔다. 재경이 냉큼 나섰다.

"저희 정명진 선생님 반 학생들이에요. 그 동영상 올린 학생도 잘 알고요."

기두호 기자는 반색을 했다.

"잠깐 시간 내주면 좋겠는데. 괜찮을까?"

준수가 앞으로 나섰다.

"여기서는 좀 그렇고요. 어디 커피숍 같은 데에서 이야기하면 어떨까 싶은데요."

"그래? 좋아요. 커피값은 내가 내죠."

횡단보도 신호등이 초록색으로 바뀌었다. 재경과 기두호 기자가 앞장서서 횡단보도를 건넜다. 준수와 나도 뒤따라 걸어갔다. 도영수 기자가 따라오려고 하자 재경이 생긋 웃으며 "기두호 기자님만 만나고 싶어서요." 하고 선을 그었다. 나는 재경과 준수가 무엇을 하려는지 알아차렸다.

준수가 내게 물었다.

"괜찮겠어?"

나는 손에 쥔 명함을 구겼다. 이런 상황에서까지 뒤로 물러서고 싶지 않았다.

"가자."

앞에서 기두호 기자가 재경에게 묻는 소리가 들렸다.

"혹시 정명진 선생님이랑 조강태 학생 연락처 알아요?"

재경이 난처한 목소리로 답했다.

"아니요. 몰라요."

"채팅 대화 같은 거 볼 수 있으려나?"

재경이 다시 말했다.

"생각 좀 해 볼게요. 괜찮죠?"

나는 기두호 기자의 둥그스름한 등을 쳐다보며 차분히 걸었다. 어차피 한 번은 건너가야 할 다리였다. 기두호 기자가 어떤 이야기를 하든 어둡고 축축한 나의 과거를 들추게 될 터였다. 나는 각오하는 마음으로 기두호 기자를 따라 커피숍으로 들어갔다.

재경은 기두호 기자를 벽 쪽 의자에 앉힌 뒤 준수를 그 옆자리에 앉혔다. 나와 재경은 기두호 기자 맞은편에 앉았다. 탁자가 좁아서 준수의 팔이 기두호 기자의 몸에 닿을 정도였다.

재경이 궁금하신 거 물어보세요, 하자 기두호 기자가 핸드폰을 탁자에 올리며 "녹음해도 될까?" 물었다. 재경은 선선히 그러시라고 했다.

기두호 기자가 녹음 버튼을 눌렀다. 기두호 기자는 온라인 커뮤니티에 돌아다니는 동영상을 봤다며 정명진 선생님과 강태에 대해서 이것저것 물었다. 평소에도 학생을 폭행하거나 막말을 일삼지는 않았는지, 정명진 선생님이랑 같이 있던 선생님이 혹시 유부녀는 아닌지, 두 사람의 관계를 학생들이 알고 있었는지, 강태는 어떤 학생이었는지 등등 자극적인 대답을 유도하는 질문이 대부분이었다.

우리는 발끈하려는 마음을 여러 차례 누르며 알고 있는 대로 이야기했다. 인터뷰가 마무리될 무렵 재경이 물었다.

"저희 선생님은 어떻게 될까요?"

기두호 기자는 핸드폰을 가방에 챙겨 넣으며 말했다.

"너희들 얘기 들어 보니 좋은 분인 것 같긴 한데 징계를 피하기는 어려울 거야. 강태라는 애한테 폭력을 가한 건 사실이잖아. 진단서도 뗐다면서? 욕설도 그렇고 선생님이 학생에게 한 말도 그렇고."

기두호 기자의 반말이 계속 거슬렸다.

"그것 말고도 걸리는 건 많아. 교사한테는 품위 유지 의무라는 게 있거든."

준수가 물었다.

"품위 유지요?"

"학교에서 그러면 사람들 시선 끌고 욕먹기 딱 좋지. 안된 일이긴 하다만 꽤 힘든 시간을 보내게 될 거야. 같이 찍힌 선생님한테도 강태라는 애한테도 좋은 일이 아닐 거다. 이게 동영상이 있잖아. 지금쯤이면 방송국에서 영상에 자막 입히고 있을걸? 그럼, 나도 마감을 해야 해서."

"잠깐만요."

재경이 일어나려는 기자를 붙잡았다. 기자는 멀뚱한 눈으로 재경을 쳐다보았다.

"왜? 뭐 더 남은 얘기가 있나?"

재경이 나를 향해 턱짓을 했다.

나는 허리를 세우고 기두호 기자를 쳐다보았다. 까맣고 커다란 문 앞에 서 있는 기분이었다. 저 문을 열고 들어가면 길이 나올 것이었다. 그 길의 끝에 무엇이 있을지 알 수 없었다. 이미 알고 있는 슬프고 끔찍한 과거를 거듭 확인하게 될 수도 있었다. 그리고 어쩌면, 내가 생각하지 못한 반전을 맞이하게 될 수도 있었다. 어떤 사태를 마주하든 일단 문의 손잡이를 돌려야 했다.

나는 입을 열었다.

"저 김두현이에요."

기두호 기자가 "김두현? 김두현?" 하고 혼잣말을 하다가 눈을 빠르게 깜박였다. 뭔가를 떠올린 얼굴이었다.

"네. 맞아요. 메일 보냈던 그 김두현요. 7년 전 청산가리 자살 사건."

기두호 기자는 입을 벌린 채 우리를 둘러보다가 고개를 숙이고 머그잔을 만지작거렸다.

"너희들 일부러 나 여기로 데리고 왔구나? 처음부터 이거 얘기할 작정이었던 거야. 그렇지?"

재경이 말했다.

"기자님, 얘기해 주세요. 얘는 당사자예요. 기자님이 7년 전에 쓴 그 기사, 얘 맘속에서 평생이에요. 학교에서 두현이 별명이 청산가리예요. 얼마 전에 그 별명 때문에 애들이랑 싸움 붙어서 사회봉사 조치도 받았고요."

기두호 기자는 팔짱을 끼고 신음 비슷한 한숨을 내쉬었다. 나는 마음을 가다듬으며 말했다.

"기사 내용이 전부 사실인가요? 누구에게 들은 얘기죠? 누군지 알려 주세요. 정말인지 확인하고 싶어요."

기두호 기자가 담담한 목소리로 답했다.

"그 기사는 지어낸 게 아니야. 난 분명히 듣고 쓴 거다."

"그러니까 그렇게 말한 사람이 누구냐고요. 분명히 엄마 주변 사람일 거잖아요."

기두호 기자는 머그잔을 들고 남은 커피를 다 마셔 버렸다.

"일단은 안타깝다. 네게 미안한 기분도 들어. 너는 친족이고 당사자니까 알 권리도 있어. 하지만 내게는 취재원을 보호해야 할

의무가 있어. 일종의 직업윤리 같은 거다. 네가 당한 일은 안타깝지만 이 일이 원래 그래."

작은 커피숍에 원두 분쇄하는 소리가 울렸다. 재경이 말했다.

"언론중재위원회나 그런 데 가 볼 수도 있어요."

기두호 기자는 씁쓸하게 웃었다.

"거기가 무슨 소비자원 같은 데인 줄 아는가 본데, 그렇지는 않아. 그냥 중재기관일 뿐이야. 기자가 취재원을 보호하는 게 잘못된 일도 아니고."

내가 말했다.

"기자 일에 진심이신가 봐요."

기두호 기자는 짧게 고개를 끄덕였다. 나도 물어야 할 것을 묻기로 했다.

"취재도 제대로 하신 거죠?"

"물론."

"제보를 따로 받으신 건가요?"

"그건 아니야. 경찰한테 연락받았다. 이 지역 아는 경찰한테 취재할 만한 게 있으면 알려 달라고 했거든. 사회의 일면을 세상에 알리는 게 내 일이니까."

나는 아무렇지 않은 투로 말을 던졌다.

"보육원 얘기도 취재원한테 들은 거죠?"

기두호 기자가 빠른 눈짓으로 내 안색을 살피고는 말없이 시선을 돌렸다. 부인하지 않았으니 들은 얘기가 맞다는 의미였다. 그가 쓴 기사에는 마음이 돌아선 아버지가 엄마에게 전화해서 나를 보육원에 보내고 가뿐하게 이혼하자고 했다고 적혀 있었다.

보육원이라니. 아버지가 정말 그렇게 말했을까. 정말 나를 보육원에 보내 버릴 생각까지 했을까.

기사를 읽으면 읽을수록 아버지에 대한 분노와 미움이 내 마음에 뿌리를 내렸다. 독기 머금은 이슬을 양분 삼아 까맣고 빨간 열매를 맺었다. 내 마음에 핀 그 괴이한 열매를 쳐다보고 있으면 엄마의 선택이 조금은 이해가 됐다. 그 충동은 생각보다 가까운 곳에 도사리고 있었다.

나는 물었다. 기두호 기자에게 메일을 쓰며 다시 생각했던 것을.

"청산가리요. 엄마는 그걸 어디에서 구했을까요?"

기두호 기자는 무슨 말인지 모르겠다는 표정이었다.

"귀금 코리아에서 도금도 하더라고요. 청산가리는 도금에 쓰이는 원료이고요. 귀금 코리아의 사장은 장귀녀, 라는 사람이고, 장귀녀 사장은 엄마 친구였어요."

기두호 기자의 얼굴에 당황한 빛이 스쳤다. 짐작이 확신이 되는 순간이었다. 나는 다시 한번 물었다.

"장귀녀 사장이 취재원 맞죠?"

기두호 기자는 아무 말도 하지 않았다.

더 들을 필요도 없었다. 나는 자리에서 일어나 고개를 조금 숙였다. 얼떨떨한 표정을 짓고 있던 재경과 준수도 함께 일어섰다.

커피숍을 나오기 직전, 나는 기두호 기자를 돌아보며 말했다.

"기두호 기자님, 근데 청산가리 얘기요."

자리에 앉아 있던 기두호 기자가 나를 올려다보았다. 아무 잘못 없다는 식으로 대꾸하던 그의 얼굴을 보는 순간, 심장 어딘가에 음각된 문장이 싸한 통증을 일으키며 차갑게 빛났다.

주식으로 재산 날린 비정한 불륜 남편…… 홧김에 아내는 청산가리

그가 쓴 기사의 제목이었다. 내 마음에 평생토록 남을 문장이었다. 나는 기두호 기자의 눈을 똑바로 들여다보며 말했다.

"그거 꼭 써야 했어요?"

15

커피숍을 나온 뒤 혼자 택시를 탔다. 목적지는 귀금 코리아였다.

차창 밖을 바라보며 내 마음을 살폈다. 마음은 겨울밤 철봉처럼 차가웠다. 사실 확인만 할 생각이었다. 아버지가 정말로 그렇게 말했는지. 아버지가 몇 마디 말로 엄마의 손가락을 방아쇠울에 집어넣어 버린 게 맞는지, 정말로 아버지가 나와 엄마를 배신하고 버린 게 맞는지 확인해야 했다.

장귀녀 사장이 아버지를 비난한 이유는 짐작할 수 있었다. 엄마가 장귀녀 사장에게 아빠가 한 말을 털어놓았고, 얼마 뒤 엄마가 죽었고, 친구의 불행에 격분한 마음으로 기자에게 말해 버렸다……. 그런 게 아니었을까.

장귀녀 사장의 귀금 코리아는 기차선로가 지나가는 도시 외곽의 공장 단지에 있었다. 거리는 한산했다. 샛노란 은행나무를 가로수로 심은 왕복 4차선 도로가 이어졌다. 오후 다섯 시가 넘었고 길거리를 오가는 사람이 드물었다. 폐지를 실은 리어카를 끄는 할아버지가 횡단보도를 건너 건물 사이 골목으로 사라졌다. 택시가 모퉁이를 돌자 '귀금 코리아' 간판이 붙은 3층 높이의 조립식 공장 건물이 보였다.

택시에서 내리자 모터 소리, 쇠 깎는 소리가 요란했다. 철컹, 쿵, 철컹, 쿵, 하는 굉음이 규칙적으로 울렸다. 양옆으로 밀어 여는 커다란 공장 문은 개방되어 있었다. 프레스기와 밀링머신, 범용 선반이 보였다. 내가 이름을 모르는 장비들도 즐비했다. 연마 가공을 하는 선반에서 불꽃이 튀었고 금형틀을 거쳐 사출된 플라스틱 제품들이 공장 한곳에서 포장되고 있었다.

공장 입구에 우두커니 서 있자 망치와 둥근 플라스틱 통을 들고 가던 아저씨가 내게 다가왔다. 피부가 거뭇했고 눈이 컸다. 기다란 속눈썹이 둥글게 위로 휘어져서 눈을 깜박일 때마다 시선이 갔다. 아저씨가 내게 물었다.

"왜 왔어?"

"사장님 보러 왔어요. 장귀녀 사장님요. 있어요?"

"누구야? 아들?"

"아뇨."

"사장은 왜?"

공장 한쪽에서 철판에 바퀴를 용접하던 한 남자가 나를 보고는 일손을 멈추고 다가왔다. 남색 작업복에 귀금 코리아라는 노란 글자가 박혀 있었다. 남자에게서 용접봉 연기 냄새가 났다. 남자가 외국인 아저씨에게 말했다.

"무슨 일이야?"

"사장 보러 왔대."

"왜?"

외국인 아저씨는 어깨를 으쓱하고는 가던 길을 갔다. 용접하던 남자가 내게 물었다. 무슨 일로 왔느냐고. 나는 장귀녀 사장님을 보러 왔다고, 장귀녀 사장님이 엄마 친구라고 했다. 남자는 나를 위아래로 훑어보았다. 남자의 시선이 멍이 오르기 시작한 옆얼굴에 닿은 것 같았다. 남자가 말했다.

"일단 따라와라."

우리는 공장 마당의 조립식 사무실로 들어섰다. 사무실에는 책상이 네 개 놓여 있었는데 일하는 사람은 두 명뿐이었다. 좁긴 했지만 공장보다 조용했고 좋은 냄새도 났다. 한쪽에 사장실이라는 파란색 문패가 붙은 방이 있었다. 남자는 사장실 문을 두드렸다.

"사장님, 누가 찾아왔는데요."

안에서 "누구?" 하고 묻는 장귀녀 사장의 목소리가 들렸다.

"사장님 친구 아들이라는데요."

나는 안에 들릴 정도로 목소리를 높여 말했다.

"김두현입니다. 자현기계공고요."

잠시 뒤, 안에서 들여보내라는 말이 들렸다. 나는 사장실 안으로 들어갔다. 컴퓨터 모니터가 올라간 책상 앞에 뿔테 안경을 낀 장귀녀 사장이 앉아 있었다. 귀금 코리아 남색 작업복 차림이었다. 응접용 소파와 탁자, 캐비닛, 작은 냉장고만으로도 사장실이 꽉 찼다. 장귀녀 사장은 나를 쳐다보며 물었다.

"얼굴은 왜 그래?"

"싸웠어요."

"싸워?"

"네."

가지가지 하는구나, 중얼거리고는 장귀녀 사장이 물었다.

"왜 왔어?"

"물어보고 싶은 게 있어서요."

장귀녀 사장이 모니터로 시선을 옮겼다.

"사과 얘기하려는 거면 그냥 가."

"기두호 기자를 만났어요."

"기두호? 기두호가 누구야?"

"7년 전 엄마 기사를 냈던 사람요."

장귀녀 사장의 눈빛이 흔들리는가 싶더니 아래로 떨어졌다. 나는 담담히 말을 이었다.

"알고 싶어요. 엄마가 왜 자살한 건지. 그때 어떤 일이 있었는지."

말을 마치고 나자 잠시 정신이 멍해졌다.

장귀녀 사장은 나를 쳐다보다가 안경을 벗었다. 책상 위에 안경이 놓이면서 달칵 소리가 났다. 장귀녀 사장은 검은 가죽의자 등받이에 몸을 기대고 입술을 굳게 다물었다. 나는 립스틱 자국이 흐릿한 장귀녀 사장의 주름진 입술을 내려다보았다.

잠시 뒤, 장귀녀 사장의 입술이 달싹였다.

"7년이 지났구나. 지연이가 세상을 떠난 지."

다른 사람의 입에서 엄마의 이름을 들었던 일이 있었을까. 엄마의 이름을 듣자 이곳에 오는 내내 단단하게 붙잡고 있던 마음이 와르르 흔들렸다.

"앉을래?"

"아뇨."

장귀녀 사장은 천천히 의자에서 일어나면서 낮은 소리로 말했다.

"나는 자리를 옮기고 싶다."

장귀녀 사장은 소파 건너편에 있는 냉장고로 갔다. 나는 흔들리는 장귀녀 사장의 옆얼굴을 쳐다보며 두 손을 말아 쥐었다. 장귀녀 사장은 냉장고 안에서 500㎖ 생수 한 병을 꺼낸 뒤 소파에 앉았다. 따다닥, 뚜껑 여는 소리가 들렸다.

"지연이는, 네 엄마는……."

장귀녀 사장은 물을 한 모금 마신 뒤 입을 열었다.

"아팠다."

"어디가요?"

"어렸을 때부터 심장이 안 좋았어. 장도 안 좋았고. 몸만 안 좋은 건 아니었다. 마음에도 병이 들었지. 기억나니? 네가 사흘이나 집에 혼자 방치되어 있었던 거."

어렴풋한 기억이었다. 비 오는 여름밤, 습하고 컴컴한 방으로 나를 찾아왔던 실루엣. 내게 두 팔을 뻗던 어떤 사람의 모습. 열에 들떠 정신이 흐릿해진 나를 안고 울면서 차에 태우던 사람이 있었다. 기억 속 형상과 장귀녀 사장의 모습이 겹치는 듯했다.

나는 에두르는 듯한 장귀녀 사장의 말이 싫었다. 모든 게 다 무너지고 부서지고 수습할 수 없게 된다고 해도 이제는 끝까지 가서 바닥을 확인하고 싶었다.

"그 남자가, 아버지가 정말로 그렇게 말했어요?"

"무슨 말?"

"여자가 생겼다고 했던 거요. 자식을 보육원에 보내고 이혼하자던 말이요."

나는 다른 사람의 이야기를 하듯이 말하고 있었다. 장귀녀 사장은 입을 벌리고 말을 잇지 못했다. 잠시 뒤, 장귀녀 사장은 낮은 소리로 대답했다.

"딴 여자, 이혼, 보육원 그런 얘기, 너희 아빠가 그런 말을 했다고 들었다. 네 엄마가 내게 한 얘기야."

나는 웃었다. 직접 듣고 싶었던 말을 듣고 말았다. 예상을 벗어나지 않은 대답이었고 혹시나 했던 반전은 없었다.

나는 고개를 숙이고 큭큭거리며 웃다가 천장을 쳐다보았다. 눈가로 뜨거운 눈물이 선을 그으며 내려왔다. 나는 기괴하게 휘어지는 목소리로 물었다.

"청산가리, 여기서 구한 거죠?"

"아마도. 우리 공장에 지연이가 온 적도 있었지. 가능성은 충분해."

각오하고 있었던 것처럼 대답은 바로였다.

"관리를 잘하셨어야죠."

장귀녀 사장이 눈길을 피했다.

"……그때는 안전 관리가 뒷전이던 시절이었어."

그렇게 돈 벌어서 참 좋으셨겠어요, 하고 빈정거리려 했는데 목이 잠겨 말이 나오지 않았다.

장귀녀 사장을 추궁해 봐야 아무 의미가 없었다. 아버지는 독기 서린 말을 뱉었고 엄마는 죽었다.

감옥이 나 대신 아버지에게 복수해 준 거라고 생각했는데 이제는 그도 아니었다.

그동안 마음에 일던 파장은 지진의 전조였다. 긴 다리를 건너온 지금, 나는 홧홧하게 부풀어 오른 검붉은 상처를 거친 손톱 끝으로 매만지고 있었다. 내 안의 붉고 까만 열매가 폭발음을 내며 터져 버리면 나는 어떻게 될까. 머리칼을 자르지 않고 버티던 과거로 돌아가게 될까. 분명한 건 지금보다, 과거보다 더 나빠지리라는 것이었다. 안간힘으로 어설프게 쌓아 올렸던 김두현의 성은 폭음을 내며 갈라진 땅속으로 사라질 것이었다.

열이 올랐다. 온몸의 수분이 말라 버리는 것 같았다. 그대로 몸을 돌리려는데 붙잡는 것처럼 장귀녀 사장의 목소리가 들렸다.

"지금은 잘 모르겠다."

나는 장귀녀 사장을 쳐다보았다. 장귀녀 사장의 눈 밑이 파르르 떨렸다.

"사람은 무슨 말이든 내뱉을 수 있고 무슨 생각이든 할 수 있어. 부부 싸움에서는 못 나갈 말이 없어. 심지어 거짓말도 하지. 진심이 아닌 말까지 뱉을 수 있는 거야. 서로의 바닥을 볼 때까지 내려가는 게 부부관계이기도 하거든.

지연이가 세상을 떠났을 때는 네 아빠가 너무 원망스러웠다.

화가 났지. 지연이를 그렇게 만든 게 너희 아빠 같았다. 하지만 꼭 그렇지도 않아."

변명하는 투였다. 아버지의 말이 독이 된 것은 사실이었으나 아버지에게 모든 책임을 물을 수는 없다는 말처럼 들렸다.

나는 같은 질문을 되풀이했다.

"그럼 엄마는 왜 돌아가신 거죠?"

"몰라."

"네?"

"지연이가 왜 죽었는지 나도 모르겠다. 돈에 쪼들렸던 건 분명해. 너희 할아버지가 도와주시긴 했지만 그걸로는 부족했을 거야. 지연이는 서서히 지쳐 갔다. 버틸 힘이 없었던 거겠지. 혼자라고 생각했겠지. 나쁜 년. 죽기 전에 내게 전화라도 하지."

깊은 한숨을 내쉰 장귀녀 사장은 사그라들던 목소리를 되살려 나를 향해 물었다.

"넌 나한테 대체 뭘 기대하고 온 거니? 기자한테 왜 그런 소리를 했느냐고 화를 내러 온 거야? 너도 재경이처럼 나한테서 미안하다는 소리를 듣고 싶었던 거냐? 입장 바꿔 생각해 보라고 얘기하려는 거니?"

장귀녀 사장은 두 손으로 이마를 쓸어 올리며 소파에 등을 기댔다. 그리고 나직한 목소리로 중얼거리듯이 말했다.

"입장. 그놈의 입장. 그게 자꾸 나를 쑤셔 댄다."

할 말을 다 했다는 듯, 장귀녀 사장은 맞은편 벽 어딘가에 시선을 둔 채 입을 닫았다. 나는 장귀녀 사장의 지친 얼굴을 쳐다보았다.

엄마와의 기억이 수면 위로 떠오를수록 장귀녀 사장의 마음은 침몰해 가는 것 같았다. 화장기 흐릿한 장귀녀 사장의 얼굴은 평소보다 나이 들어 보였다. 나는 무심결에 장귀녀 사장의 시선이 향하는 곳을 쳐다보았다. 순간, 가슴이 욱신거렸다.

누르스름한 서랍 캐비닛 위에 금속 액자가 놓여 있었다. 사진이 담긴 액자는 엄마의 액자와 비슷했다. 나는 액자 쪽으로 걸음을 옮겼다. 크기와 디자인은 비슷했으나 액자 프레임에 장식한 나뭇가지와 이파리의 모양은 달랐다. 액자 안에는 두 사람의 모습이 담긴 사진이 끼워져 있었다.

벚꽃이 흐드러진 나무 아래에서 찍은 사진이었다. 팔짱을 낀 두 사람은 장귀녀 사장과 엄마였다. 젊은 시절의 사진이었다.

사진 속 엄마는 터지는 웃음을 참으려 입꼬리를 올린 채 입술을 다물고 있었고 장귀녀 사장은 입천장이 보이도록 웃고 있었다. 크림색 블라우스를 입은 하얀 얼굴의 엄마와 파란 점퍼를 걸친 가무잡잡한 얼굴의 장귀녀 사장은 하나로 어우러지는 분위기였다. 목소리가 들리는 사진이었다. 엄마가 장귀녀 사장에게 "그만 좀 웃어. 사진을 못 찍겠잖아." 하고 말하고, 장귀녀 사장이 깔깔거리며 "웃긴 걸 어쩌라고?" 대꾸하는 듯했다.

벚꽃처럼 엄마의 얼굴은 환했다.

가슴이 쿵쾅거렸다. 엄마의 얼굴에서 나는 내 모습을 보고 말았다. 오랫동안 잊고 있던 사실이었다. 나는 엄마의 눈과 코를 닮았다. 얼굴의 윤곽도 엄마와 비슷했다. 웃을 때 왼쪽 콧잔등에 잔주름이 잡히는 것도 엄마를 닮은 거였다.

뜬금없이 식혜가 떠올랐다. 아프기 전의 엄마는 이따금 식혜를 만들곤 했다. 달큼한 향이 오르는 말간 식혜에 삭힌 밥알을 띄워 컵에 담아 주곤 했다. 왜 이렇게 맛있는 걸 잘 만드냐는 어린 나의 물음에 엄마는 정겹게 웃으며 말했다. 사람은 자기한테 먹을 거 준 사람을 잊지 못하거든.

액자 속 엄마의 모습이 흐릿해졌고 호흡이 부풀기 시작했다. 벌어진 입술 사이로 떨리는 숨결이 새어 나갔다. 뒤에서 장귀녀 사장의 목소리가 들렸다.

"저 액자, 갖고 있니?"

나는 간신히 고개만 끄덕였다.

"내가 만들어서 준 거야. 지연이 결혼 선물이었다."

엄마의 사진 액자는 오래도록 텅 비어 있었다. 장귀녀 사장의 말이 이어졌다.

"너희 엄마는 좋은 사람이었다. 너희 아빠도 좋은 사람이었어. 둘 다 성실했고 따뜻했고 선량했다. 서로를 정말 좋아했지. 내가 반대했는데도 지연이는 결혼을 주저하지 않았어. 네가 태어나던 날 지연이가 내게 전화를 했다. 앞으로 어떤 삶이 펼쳐질지 가슴 벅차다고 했다. 잠든 너의 모습이 얼마나 아름다운지 모른다면서 울먹였지. 용규 씨도 내게 그랬다. 걱정시키지 않겠다고, 지연이를 행복하게 해 주겠다고, 항상 너에게 큰 울타리가 되어 주겠다고, 널 좋은 사람으로 키워 내겠다고 했다. 지연이는……."

장귀녀 사장은 잠시 말을 잇지 못했다. 출렁이는 감정을 내리누르려는 것 같았다. 장귀녀 사장은 목멘 소리로 말을 이었다.

"딸기를 좋아했다. 놀이공원에 가면 롤러코스터를 꼭 타 보고 싶어 했는데 갈 때마다 무섭다고 호들갑이어서 한 번을 못 탔어. ……목소리가 좋은 애였다. 고등학생이었을 때 같이 성당을 다녔는데 지연이가 앞에 나와서 뭘 읽으면 작은 예배당이 특별히 고요해지곤 했어. 자기가 좋아하는 시를 테이프에 녹음해서 내게 보내 주기도 했는데 난 그걸 자장가로 썼지.

아, 맞아. 지연이가 시를 좋아했어. 나랑은 정말 달랐지. 지연이 걔가 정말 좋아했던 시집이 여기 어디에 있을 텐데. 그 시집 제목이 뭐였더라……."

더는 말소리가 들리지 않았다. 나는 장귀녀 사장을 돌아보았다. 장귀녀 사장은 두 손으로 얼굴을 감싸고 어깨를 들썩이고 있었다. 작은 사장실 안에 흐느끼는 숨소리가 낮게 깔렸다.

내가 모르는 엄마의 지난 삶이 흐르듯 내 안으로 들어왔다. 듣고 싶었던 말이라는 것을 나는 듣고 나서야 알았다.

갈급했던 이야기였다. 되새길 때마다 마음 아파서 덮어 버렸던 나의 엄마 이지연. 내 안 어딘가 묻혀 있던 엄마의 웃음이, 엄마와의 기억이, 엄마의 목소리가 장귀녀 사장의 회상과 어우러지면서 되살아났다. 아늑한 햇살 속에서 콧등 위에 잔주름이 생기도록 눈웃음을 지으며 정갈한 목소리로 시를 읽는 젊은 엄마의 모습이 눈앞에 어렸다.

엄마를 원망하고 싶지는 않았다. 엄마도 잘 살고 싶었을 것이다. 마음처럼 안 돼서 절망했을 것이다.

나는 눈물을 훔치고 사진 속 엄마를 다시 바라보았다. 카메라 렌즈를 향한 엄마의 웃는 두 눈이 나를 바라보았다. 착각이었을까.

어딘가에서 엄마의 목소리가 들렸다.

두현아, 미안하다.

기억 속 어딘가에 담겨 있던 목소리였다. 며칠을 혼자 방치되어 앓던 내가 응급실에 누워 있을 때 엄마가 내게 했던 말이었다. 퀭한 눈의 초췌한 엄마와 화난 표정으로 어딘가에 전화를 하고 있던 장귀녀 사장의 모습이 선명히 떠올랐다. 여기에 이르자 더 는 아무 생각이 나지 않았다. 그저 엄마가 보고 싶었다.

눈 주변이 단단히 뭉쳐 오기 시작했다. 나는 주먹을 쥐고, 이를 악물고, 떨리는 숨을 누르며 고개를 쳐들었다.

장귀녀 사장의 목소리가 들렸다.

"지연이에게도 좋았던 시절이 있었다."

그 말은 내 앞으로 밀려드는 파도 같았다.

16

복어 독의 독성은 청산가리의 천 배에 달한다. 복어 독에 중독되면 숨을 쉬지 못하게 되고 결국 질식해서 죽는다. 복어 독은 해독제가 없다. 최대한 빨리 병원에 가야 한다. 숨을 쉴 수 있게 해 주는 응급조치를 받으면서 몸 안에서 복어 독이 사라질 때까지 버텨야 한다.

후진 세상은 잔인했고 엄마는 버티지 못했다. 버텨야 할 때 혼자였다.

겨울방학 첫날이었다.

아침 일찍 할머니가 끓여 준 복국을 먹고 가방을 챙겼다. 가방에 태블릿PC와 엄마가 좋아했다는 시집을 넣었다. 태블릿PC에는 지난 7년 동안 나와 할아버지 할머니를 찍은 사진 파일이 담겨 있었다. 9년 만에 아버지를 만나면 아무래도 어색할 테니 이야기 나눌 만한 뭔가가 있어야 했다.

가방의 지퍼를 닫으며 창밖을 바라보았다. 온통 눈 풍경이었다. 책상 위에 올려놓은 엄마의 액자로 눈길이 이어졌다. 갈색 체크무늬 교복을 입은 고등학교 시절의 엄마가 풋풋한 얼굴로 나를 바라보고 있었다. 지난달 외할머니의 집에서 가져온 사진이었다.

엄마가 지나온 시절을 내가 살아가고 있다는 걸 되새길 때마다 따뜻한 기운이 감돌았다.

똑똑, 문 두드리는 소리가 났다. 할아버지였다.

"기차역까지 태워다 주랴?"

방문을 열고 나와 괜찮다고, 고맙다고 말씀드렸다. 거실에는 할아버지뿐이었다.

"할머니는요?"

"1층에. 가게 주방에 있겠지."

평소보다 이른 시각이었다. 마음이 심란할 때면 할머니는 주방에 가서 분주히 손을 놀렸다.

10월 말 출소한 아버지는 내가 학교에 간 사이 집에 다녀갔다. 그날은 엄마의 기일이었다. 아버지가 다녀간 걸 알아차린 건 할머니의 표정 때문이었다. 아버지가 다녀간 뒤로 할머니는 더 이상 씩씩하지 않았다. 할아버지는 설날과 추석에도 문을 열었던 금강복집의 문을 사흘 동안 닫았다. 나는 할아버지에게 물었다. 아버지와 무슨 일이라도 있었던 거냐고.

할아버지는 나지막하게 말했다.

"용규가 다녀갔을 뿐이야."

출소한 아들을 만난 할머니의 마음을 내가 다 이해할 수는 없었다. 아들을 사랑한 것만큼 힘든 마음일 거라고 생각했다. 후회, 회한, 안타까움, 미안함, 죄책감, 분노, 원망 같은 감정을 견디고 계신 게 아닐까 짐작할 따름이었다. 가게 주방에 홀로 있을 할머니 생각에 마음이 아팠다.

할아버지가 물었다.

"너무 일찍 나가는 거 아니냐?"

기차 출발 시각은 네 시간 뒤였다.

"가기 전에 들를 데가 있어서요."

"오는 건?"

자정 무렵 집에 도착하는 일정이었다.

"일찍 올 수 있으면 일찍 올게요."

"무리하지 마라."

나는 현관에서 신발을 신으며 속으로 조금 웃었다. 무리하지 말라던 할아버지의 말투가 어른에게 건네는 말 같았다.

나는 1층으로 내려가서 금강복집 유리문 앞에 섰다. 스테인리스 문손잡이가 차가웠다. 나는 손잡이를 잡았다 놓았다 하며 잠시 주저했다. 지난 두 달 내내 할머니는 어둡고 지쳐 보였다. 견디는 얼굴, 버티는 얼굴이었다. 할머니가 행복했으면 했다. 다시 예전의 기운찬 할머니로 돌아왔으면 했다.

나는 힘주어 문을 열었다. 할머니에겐 내가 있다는 걸 말해 주고 싶었다. 차가운 공기가 얼굴에 닿았다. 주방에서 채소 다듬는 칼질 소리가 들렸다. 할머니의 소리였다. 나는 조심스럽게 말했다.

"할머니. 다녀올게요."

칼질 소리가 끊겼다. 주방에서는 아무 말이 없었다.

나는 다시 한번 기운찬 목소리로 "다녀오겠습니다!" 인사한 뒤 문을 닫았다. 할머니가 내 마음을 알아주었기를 바라면서.

나는 눈 덮인 길을 걸어 버스 정류장으로 향했다. 근처 초등학교 중학교는 일찌감치 방학을 해서 아침 거리에는 사람이 드물었다. 버스 정류장에서 버스 도착 예정 시각을 확인하는데 핸드폰에 채팅 메시지가 들어왔다. 할머니였다.

― 두현아, 다녀와서 같이 복국 먹자.

물에 젖은 손을 닦고 안경을 쓰고 검지로 조심조심 화면을 눌러 핸드폰에 메시지를 적는 할머니의 모습이 떠올랐다. 나는 바로 답장을 보냈다.

— 복어 튀김도요!

한 문장만 보낸 게 성에 차지 않아 나는 그 아래에 '사랑해요!'
라고 적고 하트가 잔뜩 붙은 이모티콘을 올렸다.

문득 지난달 외할머니 집에 갔던 일이 생각났다. 그때도 기차
를 탔다. 늦가을의 시골은 푸근하고 한적했다. 밭과 논과 작은 집
들을 지나 개천을 가로지르는 다리를 건넜다. 비닐하우스 앞에
갈색 스티로폼 벌통이 열을 맞춰 늘어서 있었다. 외가댁은 산자
락에 지은 단독주택이었다. 갈색 벽돌을 두른 담장과 초록 철문
이 눈에 들어왔다.

문 앞에서 외할머니가 나를 기다리고 있었다. 외할아버지와 외
할머니에게서 엄마의 모습이 보였다. 외할머니는 엄마 이야기를
듣고 싶어서 온다는 내 말을 들은 뒤부터 눈물 바람이었다고 했
다. 그동안 전화 한번 하지 않아서 죄송했다. 엄마와 관련된 모든
것을 외면하는 일은 이제 그만하기로 했다.

외할머니는 기쁘고 좋은 날이라면서도 연이어 눈물을 찍었다.
나는 그날 저녁 기차 시간이 되기까지 외할아버지 외할머니와
함께 보냈다. 같이 점심도 먹고 저녁도 먹었다.

그동안 엄마를 충분히 그리워하지 않아서 미안했다. 나는 그곳

에서 그리워할 것들을 실컷 채웠다. 엄마가 사랑했고 엄마를 사랑했던 사람들이 있었다. 앞으로는 엄마의 마지막이 아닌, 좋았던 기억으로 이지연이라는 한 사람을 떠올리고 싶었다.

기차에 오르기 전, 배웅 나온 외할아버지 외할머니에게 인사를 했다. 외할머니 얼굴을 보는데 무언가를 더 해 드리고 싶은 마음이 들었다. 나는 용기를 내어 팔을 벌리고 외할머니에게 주춤거리며 다가갔다. 외할머니는 어찌할 바를 몰라 하다가 아이고 내 새끼, 아이고 내 새끼, 하며 내 품 안으로 들어왔고 나는 낯설고 작은 외할머니의 등을 힘주어 안았다. 외할아버지는 눈물을 질금거리다가 몸을 돌렸다.

품에서 울리는 외할머니의 떨림이 내게도 고스란히 전해졌다. 나는 내가 외할아버지와 외할머니의 마음속에 맺힌 무언가를 풀었다는 것을 알아차렸다. 나의 웃음과 나의 목소리가, 엄마를 닮은 내 얼굴과 나의 존재 자체가 두 분의 상흔을 조금이나마 덮었다는 것을 직감할 수 있었다.

정류장 스피커에서 버스가 도착한다는 안내 방송이 나왔다. 버스가 정류장 쪽으로 올라오는데 핸드폰에서 채팅 메시지 알림음이 울렸다. 할머니였다. 메시지를 누르자 핸드폰 화면에 이모티콘이 떴다.

나는 웃고 말았다. 하트가 가득 찬 바구니를 든 귀여운 곰이 장난스레 웃으며 오두방정을 떨고 있었다.

차창 밖 눈 내린 도시는 하얗고 예뻤다. 아버지를 굳이 만나야 할까. 나는 여러 번 생각했었다. 아버지를 만나는 일이 아무렇지 않을 수는 없었고 막상 현실로 다가오니 마음이 더욱 시끄러워졌다. 아버지를 만나서 무슨 말을 해야 할지, 어떤 시간을 보내게 될지도 예상이 되지 않았다.

모른 척 거리 두고 사는 것도 방법이었지만 내 뒤에는 할아버지와 할머니가 있었다. 할아버지 할머니에게 아버지는 사랑하는 아들이었다. 내가 문을 열고 아버지를 마주해야 바람도 통하고 두 분도 아버지를 그나마 편히 볼 수 있을 것이다. 두 분은 아버지가 회복하고 다시 일어서기를 바랄 터였다. 원망스럽지만 나 또한 아버지가 안타까운 것은 사실이었으니까.

중요한 건 일단 가 보는 거였다. 그다음은 그다음의 일이었다. 나는 준수, 나, 재경의 채팅방에 메시지를 올렸다.

— 간다.

준수가 말했다. 잘 다녀오라고.
재경이 말했다. 네 역사의 시작은 지금부터라고.

준수는 편의점 아르바이트를 그만두었다. 취업 준비에 집중하겠다고 했다.

나도 결정을 내렸다. 자현기계공고도 준수 따라왔으니 준수가 가겠다는 한국전력 취업을 목표로 준비해 보기로 했다. 겨울방학 때 바짝 공부하면 혹시 또 몰랐다. 누가 알겠나? 어른이 되어서도 같은 회사에서 준수 얼굴을 보게 될지. 밀링 기술도 계속 연마하기로 했다. 한국전력 취업이 쉬울 리 없기도 했고 밀링이 좋기도 했으니까. 밀링에 관심이 있다는 내 얘기를 들은 재경은 나중에 금형 관련 사업으로 다시 만나자고 했고 나는 동업이라면 생각해 보겠다고 했다.

나는 핸드폰 지도앱을 열고 학교밖청소년 지원센터의 위치를 확인했다. 강태가 있는 곳이었다.

바로 다음 정거장에서 내려야 했다. 버스에서 내려 빌라 단지와 상가가 밀집되어 있는 동네로 들어갔다. 학교밖청소년 지원센터는 정류장에서 멀지 않은 곳에 있었다. 빌라 단지 사이에 있는 3층 건물의 2층이었다. 좁고 가파른 계단을 올라가 문을 열었다. 센터 안에서 따뜻하고 건조한 공기가 끌려 나왔다.

센터에서 가장 먼저 눈에 들어온 건 문 옆에 놓인 작달막한 크리스마스트리였다. 알록달록한 전구와 장식들이 조명을 받아 반짝였다. 천장과 벽에도 크리스마스 장식이 걸려 있었다. 한 선생님이 지나가다가 나를 보고는 멈춰 섰다. 친구를 보러 왔다고 하자 반가운 눈빛으로 물었다.

"친구? 누구?"

"강태요. 조강태. 여기 있는 거 맞죠?"

선생님은 멈칫거리고는 아, 강태, 하며 말을 끌었다. 우리는 서로를 바라보며 어색하게 웃었다. 선생님의 반응으로 미루어 볼 때 강태는 이곳에서도 상당히 골치를 썩이는 모양이었다. 선생님은 강태를 불러 주겠다며 안으로 들어갔다.

강태는 퇴학 처리되었다. 그동안 누적된 벌점 때문이었다. 정명진 선생님과 김미라 선생님은 두 분 모두 다른 학교로 자리를 옮겼다. 결혼식은 예정대로 치렀다. 나와 준수와 재경도 참석했다. 김미라 선생님은 평소보다 예뻤고 정명진 선생님은 평소처럼 우람했다. 강태는 정명진 선생님을 고소하지 않았다. 선생님의 뉴스는 인터넷에서 작게 퍼지다 다른 뉴스들에 묻혀 사그라들었다.

나는 강태를 기다리며 정명진 선생님의 부탁을 떠올렸다.

"뭘 하라는 건 아니야. 그냥 가서 잠깐 얼굴만 보고 와 주라. 내가 가면 안 만나 줘서 그래. 걔는 그것만 해도 좋아하거든."

강태를 보는 게 거북하고 멋쩍었으나 오후에 아버지를 만날 일에 비하면 아무것도 아니었다.

"어이, 청산가리."

나는 뒤를 돌아보며 바로 받아쳤다.

"어이, 조까태."

청산가리라는 말을 들어도 이제는 무너지지 않는다. 그런 내가 마음에 들었다. 검은 패딩 차림의 강태가 나를 향해 걸어오고 있었다. 이곳에서도 악어 같은 분위기는 여전했다.

"왜 왔냐?"

"그냥. 어디 가다가 들렀어."

"들러? 어딜 가는데?"

"9년 만에 아버지 만나러."

"9년?"

"복잡해. 출소하셨어. 두 달 전쯤."

"출소?"

"출소."

강태는 시선을 돌렸다. 나는 등에 멘 가방을 추어올렸다.

"정명진 선생님이 너한테 한번 가 보라고 했고."

"시켜서 왔다?"

"내가 여기에 오고 싶었겠냐? 굳이? 널 보러?"

나는 강태의 팔을 툭 치며 말했다.

"언제 복국이나 먹자. 우리 집 복집이야."

"내가 널 어떻게 믿고 같이 복국을 먹냐."

"복국은 복스러워서 복국이야. 복국."

강태가 얼굴을 일그러트렸다.

"웃기냐?"

"별로."

적당히 어색했고 적당히 반가웠으므로 충분했다. 강태에게 슬쩍 손을 들었다.

"간다."

"그러든가."

나는 문을 열고 밖으로 나왔다. 컴컴한 계단참으로 내려가다가 뒤를 올려다보았다. 강태는 내 뒷모습을 보고 있다가 재빨리 센터 안으로 들어갔다. 묘하게 가슴이 아려 왔다. 나는 계단을 마저 내려와 건물 밖으로 나왔다.

기차를 타려면 큰 도로를 건너야 했다. 나는 횡단보도를 찾다가 육교를 발견하고 육교 위로 성큼성큼 올라섰다. 두터운 옷을 입은 사람들이 짧은 보폭으로 거리를 지나가고 있었다.

나는 멈추어 서서 하늘을 올려다보았다. 하얗고 무거운 하늘에서 다시 눈이 내리기 시작했다.

이제 아버지에게 갈 차례였다.

운명이 있다고 믿지는 않지만 내가 어찌할 수 없는 조건은 존재했다. 조건에 매여 살고 싶지 않았다. 조건이 자격은 아닐 것이다. 잘 살아갈 조건, 행복할 조건 같은 말에는 고개가 끄덕여졌지만 잘 살 자격, 행복할 자격 같은 말에는 '뭐라는 거야?' 하며 눈을 치뜰 것이다.

엄마의 삶이 감당 못 할 정도로 무거웠던 건 어쩌면 엄마의 건강이나 아버지의 선택 때문만은 아닐지도 몰랐다. 준수의 부모님이 오랜 시간 일을 해도 가난을 벗어날 수 없는 건 두 분 탓이 아닐 수도 있었다. 재경도 그러지 않았던가. 이 세상이 너무 후져서 눈 뜨고 봐 줄 수가 없다고.

무엇을 하든 기대하는 것이 있는 삶을 살고 싶었다. 일터에서 기분 좋은 인사를 나눌 수 있는 사람이 두어 명은 있었으면 했다. 억지로 근무 시간을 채우기보다는 내 몫을 확실히 할 수 있으면 했다. 이것이 나의 욕심이었다. 어디에서 무엇을 하건 내가 좋아하고 잘하는 일을 찾아 사랑하는 사람과 함께하는 것. 그리고 하나 더 더하자면 세상을 밝히는 좋은 사람이 되는 것.

나는 육교 위에서 한눈에 들어오는 도로 풍경을 바라보았다. 가슴이 부풀도록 숨을 크게 들이마시고 내뱉었다. 복어의 독처럼 마음을 짓누르던 무언가가 저 멀리 날아가 버린 듯했다.

한번 깨졌던 내 영혼은 정밀하게 깎아 낸 금형에 들어갔다 나온 것처럼 말끔했다. 마음의 표면에 신선하고 뜨거운 기운이 감돌았다. 일렁이는 이 마음에 무슨 이름을 붙일까 생각하는데, 불현듯 투지라는 단어가 떠올랐다.

점점이 내리는 눈을 맞으며 나는 앞을 향해 걸어 나갔다.

나는 쇠도 깎을 수 있는 사람이었다.

어 떤 믿 음

　어린 시절 어느 때인가부터 나는 내가 하는 일이 세상을 더 낫게 만들면 좋겠다고 생각했다. 위인전의 영향일 수도 있고 가정의 영향일 수도 있다. 하지만 무엇보다 그 생각의 형성에 결정적인 역할을 했던 건 초등학교 4학년 때 만났던 담임 선생님이었다.

　경상도 사투리를 쓰는 40대 중반의 여자 선생님이었다. 읍내로 나가는 버스가 두 시간에 한 번 꼴로 오는 경기도 시골 학교에 경상도 사투리를 쓰는 선생님이 출현한 것이다. 따듯하고 친절한 분이셨다. 선생님은 기회만 되면 주문을 거는 것처럼 다음과 같이 말씀하셨다.

　나도 잘 살고, 너도 잘 살고, 다 같이 잘 살면 그게 좋은 거다.

　경상도 사투리로 들려온 그 문장은 선생님의 마음을 얻고 싶어 안달이었던 내 마음에 깊숙이 스며들었다. 당시의 기억이 대부분 어렴풋한데도 선생님의 그 말은 방금 재생된 음성처럼 분명하다.

책이, 문학이, 소설이 더 나은 세상을 만들 수 있을까. 있다, 없다로 답해야 할 질문이지만 나의 대답은 믿음이다. 믿든지, 믿지 않든지, 반만 믿든지, 아니면 상관하지 않든지. 나는 믿는 쪽을 선택했고 바라는 마음으로 소설을 쓴다.

『나는 복어』 역시 더 나은 세상을 바라는 마음으로 쓰기 시작했다. 육중한 밀링머신으로 쇠를 깎아 금형을 만드는 아이들의 이야기를 쓰고자 했다. 그들의 세계에 써야 할 무언가가 있을 것만 같았다. 관련 자료를 조사하고 책을 읽고 인터뷰를 거듭할수록 눌리는 기분이 들었다. 특성화고등학교 역시 인문계 고등학교와 마찬가지로 천차만별이었고 그 안의 문제는 우리 사회의 모순과 밀접하게 맞닿아 있었다. 잊혀 가는 사건들을 생각하면 서글프고 화가 났다. 나는 내가 할 수 있는 일을 하기로 마음먹었다.

『나는 복어』를 쓰는 동안 엄마의 죽음이 서서히 찾아왔다. 아스라이 먼 곳에 있던 검은 선이 두터운 띠가 되고 마침내 거대한 벽이 되었을 때, 엄마는 훌쩍 벽 너머의 세계로 건너갔다. 1948년생이었던 나의 엄마 전경숙 씨는 2021년 봄에 복막암 진단을 받았고 2023년 가을에 세상을 떠났다. 삶을 매듭짓는 2년 반의 시간을 엄마는 힘겹게 채워 나갔다.

두현은 엄마의 죽음을 어떻게 받아들여야 할까. 그 질문은 나를 향한 것이기도 했다. 작년 4월, 나는 엄마를 조수석에 태우고 벚꽃이 가득 핀 북한강 강변도로를 달렸다. 연분홍빛으로 화사한 강변 풍경을 바라보며 엄마는 잔잔히 웃었다. 아름답고 아름답다며 감탄을 거듭했다. 그 순간만큼은 병의 고통도 엄마가 누린 생의 찬란한 기쁨을 어쩌지 못했을 것이다.

답 없는 그리움은 나의 지금이 얼마나 소중한지 속삭인다. 조금은 안타까운 기분으로 지금을 생각해도 좋을 것 같다. 나 또한 언젠가 누군가의 기억과 그리움이 될 것이다.

두현이 찾아야 할 삶의 진실도 이런 것이 아니었을까. 슬픔이, 좌절이, 원한과 분노가 삶의 힘이 되기도 한다. 영혼을 잠식했던 독이 두현의 에너지가 되었길 빈다. 그렇게 길러진 야성으로 두현은 만만치 않은 세상을 마주할 것이다. 재경과 준수도 함께. 강태와 형석도 함께.

작은 새들이 관목 울타리에서 바스락거리며 고개를 까딱인다. 바스러진 낙엽을 걷어 내면 연둣빛 잎을 내민 돌나물이 보인다. 뛰던 아이가 돌부리에 걸려 넘어지고 아빠는 안타까운 소리를 내며 아이를 일으켜 세운다. 어째서 그 모든 것이 눈물겹게 다가

오는지 모르겠으나 이유를 찾고 싶지는 않다. 그저 나는 믿고 싶다. 엄마가 살았던 좋은 순간들이 나를 기다리고 있을 것이라고.

겨울이 지나고 봄이 왔다. 검푸른 물이 잔잔히 흐르는 북한강 강변도로에는 다시 벚꽃이 흐드러지게 피어날 것이다.

가장 아름다울 때를 골라 나는 그 길을 달릴 것이다.

2024년 3월
문경민

나는 복어

ⓒ 2024 문경민

1판 1쇄 2024년 4월 3일 | 1판 4쇄 2024년 9월 12일
글쓴이 문경민 | 책임편집 김지수 | 편집 강지영 원선화 이복희 | 디자인 김성령
마케팅 정민호 서지화 한민아 이민경 안남영 왕지경 정경주 김수인 김혜원 김하연 김예진
브랜딩 함유지 함근아 박민재 김희숙 이송이 박다솔 조다현 정승민 배진성
저작권 박지영 형소진 최은진 오서영 | 제작 강신은 김동욱 이순호 | 제작처 한영문화사
펴낸곳 (주)문학동네 | 펴낸이 김소영 | 출판등록 1993년 10월 22일 제2003-000045호
주소 10881 경기도 파주시 회동길 210 | 전자우편 kids@munhak.com
홈페이지 www.munhak.com | 카페 cafe.naver.com/mhdn
북클럽 bookclubmunhak.com | 트위터 @kidsmunhak | 인스타그램 @kidsmunhak
대표전화 (031)955-8888 팩스 (031)955-8855
문의전화 (031)955-3576(마케팅) (02)3144-3242(편집)
ISBN 978-89-546-2549-4 03810